KB249594

Robert Louis Stevenson
Strange Case of Dr Jekyll and Mr Hyde

•

지킬 박사와 하이드 씨의 기이한 사례

창 비 세 계 문 학

19

•

지킬 박사와 하이드 씨의 기이한 사례

•

로버트 루이스 스티븐슨

송승철 옮김

창비

차례

•

일러두기

1. 이 책은 Robert Louis Stevenson, *Strange Case of Dr Jekyll and Mr Hyde*(Edinburgh University Press 2004): *The Complete Stories of Robert Louis Stevenson*(Modern Library 2002) 등을 번역 저본으로 삼았고, 그외 노턴 출판사와 펭귄 출판사 등의 텍스트도 참조하였다.

2. 본문 중의 각주는 옮긴이의 것이다.

3. 원문에서 이탤릭체로 강조한 것은 고딕체로 표시하였다.

4. 외국어는 가급적 현지 발음에 준하여 표기하되, 일부 우리말로 굳어진 것은 관용을 따랐다.

지킬 박사와 하이드 씨의 기이한 사례
Strange Case of Dr Jekyll and Mr Hyde

캐서린 더 매터스[1]에게

하느님께서 묶으라 명하신 끈을 푸는 것은 궂은일이려니,
앞으로도 우리는 여전히 히스꽃과 바람의 자손이리라.
고향에서 멀리 떠나 있지만, 아, 그것은 여전히 너와 나를 위해
있도다.
지금 북쪽 나라엔 금작화가 바람에 휠휠 날리는구나.

---

1 작가 로버트 루이스 스티븐슨의 사촌누이(큰아버지의 딸).

문門에 얽힌 사연

어터슨 씨는 표정이 근엄한 변호사로, 얼굴이 미소로 환하게 밝았던 적이 한번도 없었으며, 남과 대화할 때는 냉정했고 말을 아꼈으며 쑥스러워하면서 감정을 드러내지 않았다. 그는 마르고 큰 키에 차림이 수수했고 표정이 음울했지만 어딘가 호감 가는 데가 있었다. 가까운 사람들과 만나서 포도주가 자기 입맛에 맞으면 진한 인간미 같은 게 눈에서 뿜어져나왔다. 이런 인간미는 말할 때는 결코 드러나는 법이 없고 저녁 만찬 후 표정이 조용하게 드러나는 눈에서 비치는데, 이보다는 그의 행동에서 더 자주 더 또렷하게 나타난다. 자신에겐 엄격해서 혼자일 때는 진을 마시면서 고급 포도주 취향을 물리쳤고, 연극을 좋아했지만 20년간 한번도 극장 문턱을 넘어가지 않았다. 그러나 그는 남들에겐 너그럽단 정평이 나 있어서, 비행을 저지르는 사람들의 팽팽한 정신적 긴장을 보며 어떤 때는 감탄하다 못해 부러워할 정도였고, 아무리 극단적 사건일지라도 비난하기보다 도와주려고 했다. "난 카인 같은 이단적 성향에 마음이 끌려. 형제가 패륜을 저지르려 해도 난 막지 않을 걸세."라는 묘한 말을 하곤 했다. 품성이 이렇다보니 나락으로 떨어지는 자들에게는 그들이 마지막에 만나는 품위있는 사람이 되거나, 그들을 마지막으로 감화시키는 사람이 되는 경우가 종종 있었다. 또한 그런 부류의 사람들일지라도 그들이 사무실로 찾아올 적엔 겉으로 전혀 내색하지 않았다.

이런 일이 남들에겐 무척 어렵지만 어터슨 씨에게는 쉬웠음이 틀림없다. 왜냐하면 그는 아주 기분 좋을 때조차 감정을 드러내지 않았으며, 심지어 교우관계에서도 사람을 가리지 않는 원만한 성격인 것 같았기 때문이다. 어쩌다 인연으로 만난 사람을 그냥 친구로 받아들이는 게 겸손한 사람의 특징인데, 이는 변호사에게 딱 들어맞는 생활방식이었다. 그의 친구는 친척이거나 아니면 오래 알고 지낸 사람들이었다. 그에게 정이란 것은 담쟁이덩굴처럼 시간과 더불어 자라는 것이지 상대방을 좋아하거나 싫어하는 것과는 상관이 없었다. 그가 먼 친척이자 런던 시내에서 이름깨나 있는 리처드 엔필드 씨와 친하게 된 것도 물론 이런 이유에서였다. 두사람이 상대방을 어떻게 생각하는지, 공통의 대화주제가 무엇인지는 많은 사람들에게 수수께끼였다. 일요일날 함께 산책하던 두사람과 우연히 마주친 사람들이 전하는 바에 따르면, 그들은 대화도 하지 않고 아주 심심한 표정으로 걷다가 친구라도 보이면 반색해서 큰 소리로 친구 이름을 부른다고 했다. 그럼에도 불구하고 두사람은 이 산책을 매우 소중한 중요 주례행사로 생각했으니, 두사람끼리 오붓하게 산책을 즐기려고 재미난 일을 제쳐둔 것은 말할 것도 없고 심지어 본업까지 미루었다.

한번은 이렇게 산책하던 중에 런던 번화가의 어느 골목길로 들어서게 되었다. 그 거리는 작고 한적하다고들 했지만 주중에는 거래가 활발한 곳이었다. 상인들은 모두 능력이 있어 보였고, 다들 앞다투어 더 잘하고 싶어했고, 사업으로 번 돈을 건물 치장에 투자하곤 했다. 그 때문에 길 따라 늘어선 가게 입구는 줄 서서 미소짓는 판촉여성들처럼 손님을 유혹하는 분위기였다. 심지어 평일의 화려함을 감추고 왕래가 비교적 뜸해지는 일요일에도 이 거리는 꾀죄죄한 주변 지역과 대비하면 숲속의 불처럼 또렷이 돋보였고, 새로 칠한 덧문과 번들거리는 놋쇠장식, 전반적인 청결함과 유쾌한 분위기로 지나가는 이들의 시선을 곧장 잡아끌며 그들의 눈을 즐겁게 해주었다.

동쪽 방향 왼편 모퉁이에서 두집을 지나면 작은 공원으로 들어가는 입구가 있고, 바로 그 자리에 박공이 거리 쪽으로 튀어나온 음산한 이층 건물이 있었다. 일층은 창 없이 달랑 출입구만 있었고 이층도 창이 없었으며 벽은 칠이 벗겨진 상태로 오랜 세월 칙칙하게 방치해둔 흔적이 역력했다. 초인종도 쇠고리도 없는 문은 여기

저기 칠이 벗겨졌고 색깔이 변해 있었다. 부랑자들이 구석으로 기어들어와 문틀에 대고 성냥을 그었다. 계단에는 아이들이 전(廛)을 벌이고 있었고, 남학생은 칼날이 잘 드는지 시험 삼아 나무 쇠시리에 칼질을 해댔다. 그러나 그 건물에선 삼십년 가까운 세월 동안 그 누구도 문밖으로 나와서 이들 뜨내기손님을 쫓아내거나 그들이 망가뜨려놓은 것을 고치는 사람이 없었다.

엔필드 씨와 변호사는 그 건물 건너편 쪽 거리에서 걷고 있었다. 그런데 두사람이 건물 입구에 나란히 다다랐을 때 엔필드 씨가 지팡이를 들어 문을 가리켰다.

"저 문을 관심 가지고 본 적이 있나요?" 엔필드 씨가 물었다. 동행인이 그렇다고 대답하자 그가 덧붙였다. "저 문을 보면 아주 기괴한 사건이 생각납니다."

"그래?" 어터슨 씨의 목소리가 약간 변했다. "어떤 일인데?"

"그러니까 사연은 이렇습니다." 엔필드 씨가 말했다. "제가 깜깜한 겨울 새벽 세시쯤 저 먼먼 외국땅에서 집으로 막 돌아오던 참이었습니다. 집으로 가는데 거리엔 가로등 말고는 정말 쥐새끼 한마리 없었습니다. 정말이지 거리마다 가로등이 가두행렬을 준비하듯 환하게 켜져 있었지만, 다들 잠에 빠진 시간이라 적막강산이었지요. 귀를 곤두세워 인기척을 들으려 하다 하다 못 들으니 나중엔 경찰이라도 봤으면 한다는 말이 이해되더군요. 그 순간 한꺼번에 두사람을 봤습니다. 한사람은 키 작은 어른인데 동쪽 방향으로 성큼성큼 걷고 있었고, 또 한사람은 여남은살 먹은 계집아이인데 사

14

거리 쪽으로 힘껏 달리고 있었습니다. 그런데 변호사님, 당연히 길 모퉁이에서 둘이 부딪쳤는데, 그때 끔찍한 일이 벌어졌습니다. 그 키 작은 어른이 아이의 몸을 지그시 밟고는 아이가 바닥에서 비명을 지르는데도 그냥 두고 가는 겁니다. 말로 들으면 별것 아닌 것 같지만 볼 땐 소름이 끼치더군요. 인간 같지 않고 가증스러운 악귀 같더라고요. 제가 '어이, 이봐.'라고 소리치면서 힘껏 뛰어 그 양반의 목덜미를 잡아 원래 자리로 끌고 왔는데, 울부짖는 아이 주변에 이미 사람들이 꽤 모여 있었습니다. 그 사람은 어찌나 냉정한지 저항도 안하더군요. 그런데 절 한번 쳐다보는데 인상이 어떻게 추악한지 제 몸에서 진땀이 비 오듯 흐르더군요. 모인 사람들은 가족들이었지요. 애가 의사에게 왕진 요청을 하러 가던 참이라 의사가 곧 나타났습니다. 그런데 그 돌팔이 말이 애가 다쳤다기보다는 놀란 것이라고 하더군요. 형님은 이쯤에서 일이 끝났다고 생각하시겠지요. 그런데 한가지 제 호기심을 자극한 일이 있었습니다. 그 양반을 보는 순간 저는 꼴도 보기 싫었어요. 애의 가족들이야 두말할 나위도 없었겠지요. 그런데 의사의 태도가 기억에 남습니다. 그저 평범한 약종상으로 나이나 생김새가 그저 그렇고 심한 에든버러 사투리를 쓰는데, 스코틀랜드 백파이프 소리만큼 다혈질이었어요. 그러니까 그 역시 우리 모두와 똑같았지요. 즉 그 돌팔이는 붙잡은 녀석을 볼 때마다 구역질을 해댔고 죽이고 싶어 화가 나는지 얼굴이 하얘지더군요. 전 그 사람이 뭘 하고 싶은지 알았는데, 그 사람도 역시 제 마음을 알았지요. 그러나 죽인다는 건 턱도 없는 이야기고 해서 우리는 차선책을 택했어요. 우리는 그자에게 그의 비행을 런던 동네방네에 소문내 인생에 금이 가게 할 수 있고, 또 그렇게 하겠다고 했지요. 그자에게 친구나 신망이 있다면 그것을 다 끝장내겠다고 장담했지요. 그런데 그자를 말로 마구 다그치는 내내 우리는 여자들이 그자 옆에 오지 못하게 하느라 힘들었어요. 여자들이 불같이 화를 냈거든요. 빙 둘러서서 그자를 쳐다보는데 그렇게 증오가 가득한 얼굴들은 처음 보았습니다. 그런데 한가운데 갇힌 그 사람은 경멸하듯 아주 냉정했고, 제가 보니 겁을 먹은 것도 같은데 마치 사탄처럼 겁 없이 행동하더군요. 그가 말했어요. '여러분이 이 일로 이익을 보겠다면 저로서야 당연히 받아들여야지요. 소란을 원하는 신사가 어디 있겠습니까.'라면서 '금액을 불러 보시오'라고 하더군요. 그래서 우리는 그자더러 가족들에게 백 파운드를 주라고 압박했습니다. 그는 분명 버티고 싶어했지만 우리 모두가 어떤 험한 일이라도 불사하리라는 걸 알고 마침내 합의했습니다. 이제 돈을 받을 차례였습니다. 그런데 우리를 데리고 간 곳이 어딘가 하면 문이 달린 바로 저 집이 아니겠습니까? 그가 열쇠를 후딱 빼더니 집으로 들어갔다가 곧 뭘 가지고 나왔는데, 금화 십 파운드짜리와 함께 쿠츠 은행[2]에서 발행한 수표였습니다. 그 수표는 소지자에게 돈을 지급하도록 서명이 되어 있었어요. 사실 그 서명이 제 이야기의 요점 가운데 하나인데요, 제가 그 이름을 거명

---

2 부유하고 저명한 사람들이 주로 이용하던 은행.

할 수는 없지만 널리 알려진 분으로 지면에서 자주 볼 수 있는 그런 분이었어요. 과도한 액수였지만 진짜이기만 하면 그 이상도 인출이 가능한 서명이었습니다. 저는 그 양반에게 모든 게 의심스럽다, 어떻게 새벽 네시에 지하실 문으로 들어가 다른 사람 서명의 근 백 파운드짜리 수표를 가지고 나오는 게 가능하냐고 대놓고 물었지요. 그런데 그자는 마냥 여유를 부리며 비꼬더군요. '염려 놓으시오. 은행 문이 열릴 때까지 당신과 함께 기다려 수표를 현금으로 바꿀 거요.'라고 하더군요. 그래서 우리 모두, 그러니까 의사, 애 아버지, 그 양반까지 제 집으로 가서 날이 셀 때를 기다렸죠. 날이 밝자 우리는 아침을 먹고 다같이 은행으로 갔습니다. 제가 직접 수표를 건네주면서 필시 위조수표일 거라고 했습니다. 그러나 웬걸, 진짜더군요."

"쯧, 쯧." 어터슨 씨가 혀를 찼다.

"형님도 저랑 똑같이 느꼈군요." 엔필드가 말했다. "그래요. 고약한 이야깁니다. 왜냐하면 이 양반은 누구도 상종하지 못할 진짜 몹쓸 인간이기 때문이지요. 그런데 수표 발행자는 아주 모범적인 분이고, 게다가 저명인사이기도 해요. (더 고약한 건) 선행으로 널리 알려진 형님 친구 가운데 한분이란 겁니다. 제 생각엔 협박입니다. 정직한 분인데 젊은 시절 불장난으로 인해 값을 톡톡히 치르고 있는 거지요. 궁리 끝에 저는 저 문 달린 집에 '협박의 집'이라는 이름을 붙였습니다. 하지만 아시다시피 그것만으론 도저히 설명이 안됩니다." 그는 말을 하고 나서 골똘히 뭔가를 생각했다.

명상에 잠긴 그를 다시 깨운 것은 어터슨 씨의 느닷없는 질문이었다. "그러니까 그 수표 발행자가 저기에 살지도 모른다는 말이지?"

"그럴 것 같은데, 어떻게 생각하세요?" 엔필드 씨가 응수했다. "하지만 우연히 수표에 적힌 주소를 봤는데, 그 사람은 어떤 광장 거리에 사는 것 같았어요."

"그러면 자넨 물어보지 않았군. 그러니까 그 문이 있는 집에 대해서 말이지." 어터슨 씨가 말했다.

"그렇습니다. 조심스러웠거든요." 엔필드 씨가 답변했다. "묻고 싶은 마음이야 굴뚝같았지만, 그랬다면 아주 최후의 심판 꼴이 나고 말았을 겁니다. 하나를 물어보게 되면, 그건 돌을 굴리는 것과 똑같아요. 당사자야 산꼭대기에 가만히 앉아 있지만, 돌은 구르면서 다른 돌을 굴립니다. 조금 지나면 생각지도 않던 죄 없는 사람이 자기 집 뒤뜰에서 머리에 돌을 맞아 쓰러지고, 그 가족들은 이름을 바꾸고 살아야 됩니다. 안되지요. 이건 제 생활신조인데, 금전 문제로 여겨질수록 물어보지 않으려 하죠."

"아주 훌륭한 생활신조이기도 하지." 변호사가 말했다.

"하지만 저 혼자서 그 장소를 면밀히 살펴보았지요." 엔필드 씨가 계속 말했다. "가정집 같아 보이진 않았어요. 다른 문이 있는 것도 아니고, 그 문으로는 제가 말한 그 양반이나 아주 가끔 드나들지 아무도 출입하지 않았거든요. 이층에 공원 방향으로 난 창이 세 개 있고 아래층엔 아예 없습니다. 창은 늘 닫혀 있지만 깨끗해요.

그리고 굴뚝에서 늘 연기가 피어오르고 있어요. 그러니 누군가 거기 살고 있는 건 틀림없어요. 하지만 이건 그리 확실하지 않아요. 왜냐하면 공원 둘레에 건물들이 다닥다닥 붙어 있어 집과 집 사이의 경계가 분명치 않거든요."

두 사람은 다시 한동안 말없이 걸었다. 그러다가 어터슨 씨가 말했다. "엔필드, 아까 그건 자네의 훌륭한 생활신조일세."

"그래요, 저도 그렇다고 생각합니다." 엔필드가 대답했다.

"그래야만 되지만." 변호사가 계속 말했다. "내 한가지 묻고 싶네. 아이를 밟고 지나간 사람의 이름이 알고 싶네."

"그래요." 엔필드 씨가 말했다. "그건 남에게 피해를 줄 것 같지 않군요. 하이드란 이름을 가진 자였어요."

"흠." 어터슨 씨가 말했다. "어떻게 생겼던가?"

"설명하기 쉽지 않아요. 외모가 어쩐지 이상해요. 사람을 불쾌하게 만드는, 뭔가 아주 혐오스러운 데가 있어요. 사람을 그렇게 싫어해보긴 처음인데, 그런데 통 그 이유를 모르겠어요. 그는 어딘지모르지만 분명 장애가 있을 겁니다. 어디 콕 집어 말은 못하겠지만 기형이란 느낌이 강하게 들더군요. 아주 남다른 외모였는데, 보통사람과 다른 점이 뭔지 정말 모르겠어요. 못하겠어요, 변호사님. 도저히 못하겠어요. 설명을 못하겠어요. 그것도 기억 안 나서가 아닙니다. 정말이지, 지금이라도 그 사람 모습은 떠올릴 수 있어요."

어터슨 씨는 다시 얼마간 말없이 걸었는데, 무거운 상념에 잠긴 게 분명했다. "그 사람이 열쇠를 사용한 게 확실한가?" 이윽고 그가 물었다.

"아니, 형님······" 엔필드가 소스라치게 놀라며 말했다.

"그래, 나도 알아." 어터슨이 말했다. "이상하게 들릴 거라는 사실을 알아. 사실 자네에게 그 사람 말고 다른 사람 이름을 묻지 않은 건 내가 이미 알고 있기 때문이라네. 리처드, 자네가 하는 말 잘 알아들었네. 정확하지 않은 점이 하나라도 있다면 바로잡아야 하네."

"조심하라고 미리 말씀해주시지 그랬어요." 엔필드는 뚱하게 상대방에게 대꾸했다. "하지만 저는 지금까지 형님 말마따나 소심할 정도로 정확하게 말하려 했습니다. 그 친구는 열쇠를 지녔고, 더군다나 아직까지도 가지고 있어요. 불과 며칠 전에도 쓰는 걸 봤어요."

어터슨 씨는 한숨을 푹 쉬었다. 그러나 그는 한마디도 하지 않았다. 곧 젊은 사람이 말을 다시 꺼냈다. "입 다물고 있어야 한다는 걸 또 한번 배웠습니다." 그가 말했다. "제 수다가 부끄럽습니다. 이 일은 다시 언급하지 말기로 해요."

"꼭 그러겠네." 변호사가 말했다. "리처드, 우리 약속의 표시로 악수를 하세."

하이드 씨를 찾아서

그날 저녁 어터슨 씨는 혼자 사는 집으로 가는 동안 기분이 착잡했고 식탁에 앉았지만 식욕이 생기지 않았다. 그는 일요일이면 늘 저녁식사를 한 후 난롯가에 앉아 책상 위에 펼쳐놓은 무미건조한 신학서를 읽다가 근처 교회에서 자정을 알리는 종이 울리면 진지하고 감사한 마음으로 잠자리에 들곤 했다. 그러나 그날밤에는 하인이 식탁보를 치우자마자 그는 촛불을 들고 바로 사무실로 갔다. 거기서 금고를 열어 깊숙이 넣어둔, 겉봉에 '지킬 박사의 유언장'이라고 쓰인 서류를 꺼낸 다음, 앉아서 수심에 찬 표정으로 그 내용을 꼼꼼히 읽었다. 유언장은 자필서류였다. 작성된 후 자신의 소관사항이 되었지만, 작성과정에서는 일절 도와주기를 거부했다.

유언장에 따르면 의학박사, 민법학박사, 법학박사 겸 왕립학회 회원인 헨리 지킬이 사망할 시에 그의 모든 재산은 그의 '친구이자 후원자인 에드워드 하이드'의 수중에 넘어가도록 되어 있을 뿐 아니라, 심지어 지킬 박사가 '3개월 이상의 기간 동안 실종 또는 이유 없이 부재할' 경우 전기前記한 에드워드 하이드는 전기한 헨리 지킬의 권리를 지체 없이 계승하되, 박사의 가족들[3]에게 약간의 돈을 지불하는 것 이상의 의무와 부담을 지지 않는다고까지 명기되어 있었다. 이 서류는 오랫동안 변호사의 두통거리였다. 그는 변호사이자 건전하고 관습적 생활방식을 애호하며 별난 것은 천하다고 생각하는 사람이었기에 그 서류 때문에 기분이 상하곤 했다. 게다가 지금까지는 하이드 씨의 정체를 모른다는 사실로 인해 화가 났었는데, 이제는 갑작스럽게 상황이 정반대가 되어 그의 정체를 알게 되어 화가 났다. 그의 이름 말고는 아무것도 몰랐다는 사실만 해도 충분히 고약한 일이었다. 그 이름에 가증스러운 형용사가 달라붙기 시작하자 일은 더 고약하게 되었다. 그리하여 오랫동안 그의 시야를 가려왔던 종잡을 수 없고 모호한 안개 덩어리로부터 또렷한 악마의 형상이 불쑥 눈앞으로 튀어나왔다.

"미쳐서 그랬는가 싶었는데." 그는 그 불쾌한 서류를 금고 안에 다시 갖다놓으면서 말했다. "이젠 수치스러운 일 때문에 그랬는가 싶어 슬슬 걱정되기 시작하네."

---

[3] 지킬 박사는 결혼을 하지 않았기 때문에 가족이 따로 없다. 그러나 당시 중산계급의 경우 하인처럼 함께 지내는 사람도 가족에 포함하곤 했다.

이렇게 중얼거리면서 촛불을 끈 후 그는 두터운 외투를 걸치고 의료시설이 밀집한 캐번디시 스퀘어 가衡를 향해 출발했다. 그의 친구이자 뛰어난 의사인 래니언 박사가 거기에 살면서 몰려드는 환자들을 진료하고 있었다. "래니언이라면 이 문제에 대해 알고 있을지도 몰라."

근엄한 집사가 그를 알아보고 반갑게 맞이했다. 집사는 대기실에서 기다리게 하지 않고 입구에서 바로 식당으로 안내했다. 래니언 박사는 거기서 혼자 포도주를 마시고 있었다. 이 사람은 원기 왕성하고 건강하며 몸집이 작은 홍안의 신사로, 부스스한 머리는 나이에 걸맞지 않게 하얗게 변했고 태도는 호탕하고 단호했다. 그는 어터슨 씨를 보자 자리에서 벌떡 일어나 양손으로 반갑게 맞이했다. 이런 식의 환대는 그의 버릇으로서 남들에게는 과장으로 보이겠지만 실은 순정한 마음의 표현이었다. 두사람은 오랜 친구인데다 중등학교와 대학 시절 단짝이었다. 그들은 서로를 아주 존중했고, 또한 만나면 서로 즐거워했는데 오래 사귄다고 반드시 그런 사이가 되는 법은 아니다.

잠시 잡담하다 변호사는 그의 마음을 짓누르고 있는 기분 나쁜 문제를 꺼냈다.

"그런데 래니언." 그가 말했다. "자네하고 내가 헨리 지킬의 제일 오랜 친구인 거 맞지?"

"친구들이 더 젊으면 오죽 좋겠어." 래니언 박사가 껄껄 웃었다. "그런 그렇고, 우리가 제일 오랜 친구일 거야. 그런데 그걸 왜 물어? 요즘 그 친구 거의 못 봤는데."

"그래?" 어터슨이 말했다. "난 너희 둘이 분야가 같아 끈끈하다고 생각했는데."

"옛날엔 그랬지." 그가 대답했다. "하지만 헨리 지킬은 내가 감당하지 못할 정도로 사람이 이상해진 지 십년도 더 됐어. 잘못되어가기 시작하더라고, 정신이 말이야. 물론 옛정을 생각해서 계속 관심은 가지고 있는데, 그 친구 요즘도 그렇지만 얼마 전부터 보기 힘들더군." 얼굴이 갑자기 시꺼멓게 변하면서 의사가 덧붙였다. "얼마나 황당한 궤변을 늘어놓던지, 다몬과 피티아스⁴처럼 절친한 친구라도 헤어졌을 걸세."

박사가 이렇게 약간 성을 내자 어터슨 씨는 마음이 좀 편해졌다. '무슨 학문적 문제로 의견이 달라 그런 것뿐이다'라고 그는 생각했다. 자신은 (부동산 양도증서에 대한 관심을 예외로 친다면) 학문적 열정을 지닌 사람이 아니라서 '그 이상은 아니다!' 하고 마음속으로 덧붙이기까지 했다. 그는 의사의 흥분이 가라앉길 잠시 기다렸다가 자신이 찾아와 던지려고 한 질문을 꺼냈다. "자네 혹시 개 밑에서 일하는 하이드인가 하는 사람을 만난 적 있나?" 그가 물었다.

"하이드?" 래니언이 반복해 말했다. "아니, 전혀 들은 적이 없는

----

4 시라쿠사의 왕 디오니시오스는 피티아스(Pythias)에게 사형을 선고한다. 피티아스는 신변 정리를 위해 고향에 다녀오게 해달라고 왕에게 부탁하고, 대신 친구 다몬(Damon)을 자기 대신 갇히게 한다. 왕은 약속을 어길 것으로 예상했으나, 피티아스는 약속한 시간 안에 돌아오고, 감동한 왕은 그를 사면해준다.

데, 머리에 털 난 후로는."

기껏 이 정도 정보를 가지고 변호사는 집으로 돌아와 잠을 청했지만, 밤이 지나고 새벽이 되기까지 넓고 캄캄한 침대 위에서 뒤척였다. 그의 마음은 의문으로 휩싸인 채 깜깜한 어둠속에서 허덕였으며, 번민하는 마음에 밤은 별로 안식이 되지 못했다.

집에서 가까워 여러모로 편리한 교회의 종이 여섯시를 쳐서 알렸고, 그때까지도 어터슨 씨는 그 문제에 몰입해 있었다. 그전까지는 지식 차원의 문제였을 따름이다. 그러나 이제는 그의 상상마저 개입하기 시작했으며, 아니 상상의 나래를 도저히 피할 수 없게 되었다. 그리하여 밤과 커튼 때문에 빛 한점 없는 어둠속에 누워 뒤척일 때, 엔필드 씨의 이야기가 눈앞으로 주마등처럼 지나갔다. 가로등이 죽 켜진 밤의 도시, 그다음 성큼성큼 걷는 한사람의 모습, 다음엔 의사 집에서 달음박질로 되돌아오는 아이가 보이고, 그런 다음 둘이 마주치고, 인간의 얼굴을 한 악귀가 아이를 짓밟은 후 비명에도 아랑곳없이 걸어가는 장면이 그의 눈앞에 나타났다가 사라졌다. 그게 아니면 다른 어느 부잣집 방 안의 장면이 보이기도 했다. 거기서 친구가 자면서 꿈을 꾸는데 그 자신의 꿈 때문에 미소를 짓고 있다. 그때 방문이 열리고 누군가 침대 커튼을 열어젖히고 잠자는 친구더러 깨어나라고 한다. 그런데 보라! 침대 옆에 웬 사람이 서 있는데, 그가 전권을 쥐고 있고 친구는 야심한 시간인데도 불구하고 일어나서 시키는 대로 하고 있다. 두 장면 속 그 인물은 밤새도록 변호사의 뇌리에서 떠나지 않았다. 간혹 잠이 들더라도 그자가 친구가 자고 있는 집으로 더욱 은밀하게 들어가는 것을 보거나, 아니면 가로등이 훤히 켜진 도시의 미로들이 점점 확대되고 그 사이로 그자가 이전보다 민첩하게, 그다음에 더욱 민첩하게, 마침내 현기증이 날 정도로 빠르게 움직이며 모퉁이를 돌 때마다 매번 여자아이를 짓밟은 후 비명을 지르는 아이를 두고 가버리는 것을 보게 될 따름이었다. 그런데도 그자는 얼굴이 없어 어터슨은 그가 누군지 확인할 수가 없었다. 심지어 자신의 꿈속인데도 얼굴을 볼 수 없었고, 간혹 얼굴이 보일 때도 누군지 전혀 알 수 없게 눈앞에서 녹아내렸다. 그러자 변호사의 마음속에 하이드 씨의 진짜 얼굴이 보고 싶다는 호기심이 아주, 거의 비정상적일 만큼 강렬하게 싹트더니 시시각각 커져갔다. 수수께끼처럼 보이는 일도 잘만 살펴보면 의문이 풀리고 간혹 문제가 해결되는 경우가 있기 때문에 그는 한번 꼭 그자를 보았으면 하였다. 보기만 하면 친구의 기이한 선택인지 멍에인지(여러분 좋을 대로 부르시라) 하여간 그 이유를, 심지어 유언장에 경악스러운 조항을 넣은 이유를 알게 되리라. 다른 건 몰라도 알아둘 필요가 있는 얼굴이지 않은가. 눈곱만큼의 동정심도 없는 자의 얼굴, 그냥 보기만 했는데도 냉정한 엔필드가 두고두고 증오하게 된 자의 얼굴.

그때부터 어터슨 씨는 상가 골목길에 위치한 그 문 근처에서 서성거렸다. 오전 근무시간 전에, 업무가 바빠 짬이 없을 때는 정오에, 안개 자욱한 도시의 저녁 달빛 아래서, 낮이든 밤이든 인적이 있든 없든 스스로 정한 그 자리에 변호사의 모습이 보였다.

'그자가 하이드 씨(Mr. Hyde)라면 나는 씨크 씨(Mr. Seek)다'[5] 라고 그는 생각했다.

마침내 그의 끈질긴 노력은 보상을 받았다. 맑고 청명한 밤, 서리가 내려 대기는 차가웠고, 거리는 무도장 바닥처럼 깨끗했다. 바람이 불지 않아 가스등이 만든 빛과 그림자 무늬가 규칙적으로 뻗어나갔다. 열시가 되어 가게들이 문을 닫자 골목은 인적이 끊기고, 마차가 지나갈 때 나는 런던 특유의 나지막한 소음이 사방에서 들려오긴 했지만 아주 고요했다. 작은 소리도 멀리 퍼져나가기에 길 양편에 위치한 집에서 나는 소리들이 또렷하게 들렸고, 행인의 발걸음 소리는 가까워지기 한참 전부터 들렸다. 그 자리에서 몇분 동안 서성거리고 있던 어터슨 씨는 가볍고 수상한 발걸음이 가까이 다가오는 것을 알아챘다. 야간순찰을 하는 동안 홀로 걷는 사람이 아직 저 멀리 있는데도 그 사람의 발걸음 소리가 도시의 거대한 소음과 진동을 뚫고 갑자기 또렷하게 들려오면 기묘한 느낌이 들곤 했는데, 이제 이것에 익숙해진 지도 오래되었다. 그럼에도 불구하고 이렇게 신경이 날카롭게 곤두서는 건 처음이었다. 까닭 없이 성공하리라는 예감을 강렬하게 느끼면서 그는 공원 입구 쪽으로 물러섰다.

성큼성큼 다가오던 발걸음 소리는 거리 모퉁이를 돌자마자 급작스럽게 더 커졌다. 입구 쪽에서 정면을 응시하던 변호사는 이제

---

5 'hide-and-seek'(숨바꼭질)를 연상시키는 표현으로 그자가 숨는다면 나는 찾는다는 의미이다.

자신이 상대해야 할 자가 어떤 유형의 사람인지 곧 알아차렸다. 그자는 몸집이 작고 볼품없는 옷차림에, 멀리서 봐도 어쩐지 그 모습이 영 마음에 들지 않았다. 그런데 그자는 시간을 아끼려고 거리를 횡단해서 문 쪽으로 곧장 걸어갔다. 가는 도중에 그자는 마치 자기 집에 온 사람처럼 주머니에서 열쇠를 꺼냈다.

그자가 지나치는 순간 어터슨 씨는 잠복지에서 나와 어깨를 쳤다. "하이드 씨 맞죠?"

하이드 씨가 움찔하며 뒤로 물러섰고 급하게 숨을 들이마시는 소리가 났다. 그러나 두려움은 잠시뿐이었다. 그자는 변호사를 정면으로 쳐다보지는 않았지만 충분히 냉담하게 들리도록 대답했다. "내 이름 맞소. 원하는 게 뭐요?"

"집으로 들어가려는 모양이네요." 변호사가 응수했다. "나는 지킬 박사의 오랜 친구요. 곤트 거리에 사는 어터슨이라고 당신도 분명히 내 이름을 들어봤을 거요. 아주 마침맞게 만났군요. 나를 집에 들여보낼 수 있겠지요."

"지킬 박사님을 만날 순 없을 거요. 지금 출타 중이시오." 하이드 씨는 대답하면서 열쇠구멍 안으로 바람을 불어넣었다.[6] 그러다가 갑작스럽게, 하지만 여전히 얼굴은 숙인 채 물었다. "어떻게 날 아시오?"

"부탁 하나 들어주시겠소?" 어터슨 씨가 말했다.

----

6 열쇠구멍이 막히는 걸 막기 위해 열쇠에 묻은 먼지를 불어서 떨어내는 일인데, 한편으로는 무심한 척하는 행동일 수 있다.

"기꺼이." 상대방이 말했다. "그런데 부탁이 뭐요?"

"당신의 얼굴을 한번 보여줄 수 있겠소?" 변호사가 물었다.

하이드 씨는 주저하는 것 같았다. 그러다 무언가 생각난 듯 갑자기 몸을 돌리더니 대들 기세로 상대방을 정면으로 응시했다. 두사람은 수초간 뚫어지게 상대방을 바라보았다. "다음에 만날 때 당신을 알아볼 수 있겠군요." 어터슨 씨가 말했다. "이게 도움이 될 겁니다."

"그래요." 하이드 씨가 대꾸했다. "우리가 만난 건 잘된 일이오. 때마침 잘 만났군요. 당신은 내 주소를 가지고 있어야겠지요." 그러고는 소호7 거리의 번지수를 내밀었다.

'맙소사! 이자도 유언장을 생각하는 건가?'라고 어터슨은 생각했다. 그러나 자신의 감정을 드러내지 않은 채 주소를 알려줘서 고맙다고 퉁명스럽게 말했다.

"그런데 어떻게 나를 아시오?" 상대방이 말했다.

"인상착의를 말해줬지요." 어터슨 씨가 대답했다.

"누가?"

"우린 공통의 친구들이 있습니다." 어터슨 씨가 말했다.

"공통의 친구들이라고요?" 하이드 씨가 조금 쉰 목소리로 반복했다. "그들이 누구요?"

---

7 런던 중심가에 위치하며 19세기 당시에는 새로 유행하기 시작한 음악당, 술집, 사창가 등이 밀집한 환락가였다. 영국이 제국의 중심지였던 만큼 그곳에는 이민자와 외국인들이 특히 많았다.

"지킬입니다. 예를 들면 말이죠." 변호사가 말했다.

"그가 절대 당신에게 말했을 리 없소." 하이드 씨가 화를 벌컥 내며 소리쳤다. "당신 같은 분이 거짓말할 줄은 몰랐소."

"진정해요." 어터슨이 말했다. "말이 과하네요."

상대방은 이를 드러내고 크고 거칠게 웃었다. 그런 다음 아주 신속하게 문을 열고 집 안으로 사라졌다.

하이드 씨가 들어간 후 변호사는 한동안 아주 불안한 모습으로 서 있었다. 그러고는 정신적 혼란에 빠진 사람처럼 손을 이마에 얹고 천천히 거리를 올라가기 시작했지만 한두걸음 걸을 때마다 멈춰서곤 했다. 이렇게 걸으면서 마음속으로 헤아려보았지만 쉽사리 풀릴 유형의 문제가 아니었다. 하이드 씨는 얼굴이 창백하고 왜소한 체격인데, 딱히 뭐라고 할 만한 신체 이상은 없으면서도 기형이란 느낌을 주었다. 미소는 불쾌했고 변호사를 대하는 태도는 소심함과 대담함을 흉악하게 섞어놓은 것 같았으며, 쉰 목소리로 나직하게 약간 띄엄띄엄 말했다. 이 모든 것이 그자에게 불리한 사항이지만, 그러나 이것만으로는 어터슨 씨가 지금까지 그자를 보고 느낀 표현할 수 없는 혐오와 증오와 두려움을 모두 설명할 수 없다. "뭔가 다른 점이 분명히 있어." 변호사가 당혹해하면서 말했다. "무언가 다른 게 더 있는데, 뭔지 모르겠어. 세상에! 저자는 사람 같지 않아. 말하자면 동굴에 사는 원시인 같다고나 할까? 아니면 저 옛날 펠 박사 이야기[8]처럼 이유도 없이 그냥 싫은 인간일까? 아니면 사악한 영혼이 진흙 덩어리 육신을 관통해서 형체를 비틀고 나오면 저런 모습이 될까? 이 마지막 추측이 맞을 거야. 오 불쌍한 해리 지킬,[9] 내가 어떤 얼굴에서 사탄의 인장을 읽는다면, 그건 처음 본 자네 친구의 얼굴에서일 거야."

골목길에서 모퉁이를 돌면 오래전에 지은 멋진 집들이 늘어서 있는 거리가 나온다. 집들은 이제 대부분 퇴락하여 과거의 화려함은 찾아볼 수 없고 층층마다 방을 쪼개 온갖 종류, 온갖 처지에 놓인 사람들에게 세를 놓는데, 예를 들면 지도제작 판화공, 건축사, 수상쩍은 변호사, 뭘 하는지 모르는 청부업자 등이 그들이다. 그런데 모퉁이에서 두번째에 자리잡은 집만은 아직도 전체를 다 쓰고 있었다. 그 집은 지금 채광창만 빼고 온통 어둠속에 묻혀 잘 보이지 않지만, 여전히 부귀와 안락의 풍모를 간직하고 있다. 어터슨 씨는 그 집 앞에서 걸음을 멈추고 문을 두드렸다. 옷을 잘 차려입은 나이 든 하인이 문을 열어주었다.

"풀, 지킬 박사 집에 계신가?" 변호사가 물었다.

"확인하고 오겠습니다, 어터슨 씨."라고 말하면서 풀은 방문객을 넓고 천장이 낮은 안락한 접견실로 모셨다. 바닥은 판석으로 깔았고 실내는 시골 저택처럼 앞이 터진 난로의 열기로 따뜻했으며,

---

8 펠 박사는 17세기 옥스퍼드대학교 크라이스트처치대학 학장이었는데 매우 엄격했다고 한다. 당시 학생이었던 토머스 브라운은 학장에게 복수하기 위하여 마셜의 라틴어 금언시를 다음과 같이 번역했다고 한다. "나는 그대를 사랑하지 않아요, 펠 박사님/그 이유는 나는 말 못해요/그러나 이것만은 알지요, 확실히 알지요/제가 당신을 사랑하지 않는다는 걸, 펠 박사님."
9 헨리 지킬이라고 해야 맞지만 영어에서 헨리(Henry)와 해리(Harry)는 종종 혼용된다. 원문인 "Old Harry"가 악마를 가리키는 말임을 염두에 두고 읽어야 한다.

가구는 값비싼 참나무 재질이었다. "여기 난롯가에서 기다리시겠습니까, 아니면 식당에 불을 켜드릴까요?"

"여기가 좋겠어, 고맙네."라고 말하고서 변호사는 난로의 높은 받침대 쪽으로 가서 기대어섰다. 지금 그 혼자 남은 이 방은 친구 지킬 박사가 아주 좋아하는 화려한 방인데, 어터슨 자신도 런던에서 가장 안락한 방이라고 말하곤 했다. 그러나 오늘밤은 혼자 있으려니 소름이 돋았다. 하이드의 얼굴이 기억 속에 무겁게 내려앉았고, (그로서는 드문 일인데) 인생에 대해 혐오와 구토를 느끼게 되었다. 기분이 우울하다보니 번쩍이는 가구에 반사돼 너울거리는 불빛과 천장에서 날뛰는 뒤숭숭한 그림자가 위협적으로 느껴졌다. 곧 풀이 돌아와 지킬 박사는 외출 중이라고 알렸을 때, 그는 부끄럽게도 안도감을 느꼈다.

"하이드 씨가 낡은 해부실 문을 통해 들어가는 걸 봤네, 풀." 그가 말했다. "지킬 박사가 안 계신데 그래도 되는 건가?"

"전혀 문제 없습니다, 어터슨 변호사님." 하인이 대답했다. "하이드 씨는 열쇠를 가지고 있습니다."

"자네 주인은 그 젊은이를 아주 신뢰하는 것 같군, 풀." 변호사가 생각에 잠긴 채 말했다.

"예, 변호사님. 정말 그렇습니다." 풀이 말했다. "모두 그분 말에 복종하라는 분부가 있었습니다."

"하이드 씨를 어떻게 만날 순 없을까?" 어터슨이 물었다.

"변호사님, 불가능합니다. 그분은 절대로 여기서 식사하지 않습니다." 집사가 말했다. "저희는 여기서 그분을 뵐 기회가 거의 없습니다. 그분은 대개 실습실을 통해 출입합니다."

"그럼 잘 지내게, 풀."

"안녕히 가십시오, 어터슨 씨."

그러고 나서 변호사는 몹시 무거운 심정으로 집을 향해 출발했다. '불쌍한 해리 지킬.' 그는 생각했다. '그는 아주 힘든 처지에 빠졌어. 해리는 젊었을 때 자유분방했지. 물론 아주 오래전 일이야. 하지만 하느님의 법률에는 공소시효가 없어. 아, 분명 그런 걸 거야. 오래전에 저지른 어떤 죄악의 그림자, 부끄러워 숨겨놓은 그런 암적 사건일 거야. 자신은 기억을 못하고 제 잘난 탓에 모른 척 넘겼지만, 죄에 대한 벌이 시작된 거라고. 악마가 다리를 절룩거리면서[10] 찾아오고 있는 거지.' 그러다 변호사는 스스로의 생각에 소스라치게 놀랐다. 혹시 자신도 기억의 도깨비 상자에서 튀어나올 지난날의 악행이 있지 않을까 싶어 잠시 동안 과거를 곰곰이 따지고 기억을 샅샅이 더듬었다. 그의 과거는 별 나무랄 데 없었고 자신만큼 삶의 이력을 두려움 없이 반추할 사람도 거의 없을 터였다. 그럼에도 불구하고 자신이 저질렀던 숱한 나쁜 짓을 생각하니 한없이 겸손해졌고, 그런 다음 자신이 저지를 뻔하다 간신히 피했던 많은 일들이 생각나자 그는 진지하고 두려운 마음으로 은총을 느끼

---

10 괴테의 『파우스트』에도 메피스토펠레스가 발을 저는 구절이 있다. 서양 전설에 의하면 악마의 발은 말굽처럼 갈라져 있기 때문에 구두를 신으면 절룩거리면서 걷게 된다. 그러하기에 벌은 곧바로 오지 않고 늦게, 그러나 반드시 온다는 말이 있다.

면서 자신감을 되찾았다. 그러고 나서 조금 전 생각하던 주제로 되돌아가니 한가닥 희망이 솟구쳤다. '하이드가 지금은 주인 행세를 하지만 꼼꼼히 살펴보면 틀림없이 비밀이 있을 거야. 생김새를 보건대 그것은 사악한 비밀일 거야. 그 비밀과 비교하면 불쌍한 지킬의 최악의 죄도 햇빛처럼 찬란할걸. 이건 그냥 놔두면 안돼. 이놈이 도둑처럼 해리의 침대 옆으로 슬금슬금 접근할 걸 생각하니 내 몸이 다 으스스해지네. 불쌍한 해리, 아닌 밤중에 홍두깨처럼 깨어나야 하다니! 그리고 얼마나 위험한 일인가. 이 하이드란 자가 만약 유언장이 존재하지 않을까 의심을 품게 되면 상속받으려고 아마 몸부림을 칠 거야. 그래, 이 일은 내가 풀어야 해, 지킬이 내게 맡겨주면.' 그는 다시 한번 덧붙였다. '지킬이 내게 맡겨만 주면.' 또 한번 유언장의 그 기괴한 조항들이 그의 마음속에서 불빛으로 비춘 쎌로판 그림처럼 명약관화하게 보였다.

지킬 박사는 아주 편안했다

두주 후, 지킬 박사가 오랜 단짝 대여섯명을 초대했는데, 이 초대는 어터슨 씨에게 절호의 기회였다. 만찬은 유쾌한 행사였으며, 초대받은 친구들은 모두 명성이 자자한 식자들로 포도주에 일가견이 있었다. 그런데 어터슨 씨는 친구들이 모두 떠난 후에도 일부러 혼자 남아 있었다. 이런 행동은 새로운 건 아니고, 예전에도 수십번 그랬다. 어터슨이 어디에 가든 사람들은 그를 아주 좋아했다. 까불고 수다스러운 사람들이 문지방을 넘어 돌아갈 때 집주인들은 이 재미없는 변호사는 붙잡고 싶어했다. 그들은 야단스럽지 않은 그와 함께 앉아 있고자 했으며, 한바탕 놀고 나서 피곤한 후라 어터슨의 중후한 침묵을 함께하며 고독의 시간을 가지고 마음을 차분하게 가라앉히곤 했다. 지킬 박사도 예외는 아니었다. 지금 난로 건너편에 앉아 있는 그를 보면 크고 균형잡힌 체격에, 얼굴이 반질반질한 쉰살의 남자로 어딘가 음흉해 보이지만, 유능하고 친절한 태가 곳곳에 배어 있다. 그리고 표정을 보면 그가 어터슨 씨에 대해 진지하고 따뜻한 애정을 가지고 있음을 알 수 있다.

"오래전부터 자네와 얘기하고 싶었네, 지킬." 어터슨이 말문을 열었다. "자네가 작성한 유언장에 대해서 말일세."

꼼꼼한 관찰자라면 지킬 박사가 이 주제를 불쾌하게 생각한다는 사실을 짐작할 수 있을 것이다. 그런데 박사는 아주 유쾌하게 받아넘겼다. "안됐네, 어터슨. 재수가 없어 아주 고약한 고객을 만났으니. 내 유언장 때문에 마음이 괴로운 모양인데, 내 평생 자네처럼 괴로워하는 사람은 처음 보네. 저 완고한 현학자 래니언을 빼면 말일세. 그 친구도 내 학설을 소위 과학적 이단이라며 아주 언짢아하지. 아, 래니언이 좋은 녀석이라는 건 알아──얼굴 찡그리지 말게──뛰어난 녀석이지. 나는 항상 더 자주 만나려고 하네. 그럼에도 불구하고 완고한 현학자인 건 사실이네. 모르면서도 아는 척하거든. 지금까지 살면서 그 누구보다 래니언에 대한 실망이 제일 크다네."

"자네는 내가 절대 찬성 못하는 거 알지." 어터슨은 새로 꺼낸 화제를 가차없이 무시하며 말을 이었다.

"내 유언장 말인가? 물론이지. 알아." 박사의 목소리에 약간 날이 섰다. "자네가 그렇게 말했잖아."

"다시 한번 그렇게 말해야겠네." 변호사가 계속 말했다. "하이드란 젊은이에 대해 좀 알게 되었네."

지킬 박사의 크고 잘생긴 얼굴이 입술까지 하얘졌고, 눈언저리에 검은 그림자가 퍼졌다. "더이상 듣고 싶지 않네." 그가 말했다. "이 문제는 더이상 말하지 않기로 했잖아."

"끔찍한 말을 들었어." 어터슨이 말했다.

"그래도 못 바꿔. 자네는 내 처지를 몰라." 박사의 태도는 어딘가 앞뒤가 맞지 않았다. "난 지금 아주 고통스러운 처지에 놓여 있네, 어터슨. 내 처지가 진짜, 진짜 너무 기이하네. 말한다고 고쳐질 수 있는 일이 아냐."

"지킬." 어터슨이 말했다. "자넨 날 알잖아. 내가 믿을 수 있는 사람이란 걸. 비밀을 지킬 테니 시원하게 털어놓게. 그러면 내가 확실하게 자네를 고통에서 구해주겠네."

"내 친구 어터슨." 박사가 말했다. "이래서 자네가 좋아. 자넨 정말 너무도 좋은 친구야. 고마움을 표현할 말을 못 찾겠어. 나는 자네를 완전히 믿네. 세상 누구보다도, 아니 만일 선택을 할 수 있다면 나 자신보다 자네를 더 믿네. 그러나 이 일은 자네가 생각하는 그런 뜬금없는 것이 아니야. 그 정도로 고약한 건 아닐세. 그리고 자네의 심적 부담을 덜어주기 위해 하는 말이네만, 이것 하나는 알려주지. 내가 원할 땐 바로 하이드 씨와 관계를 끊을 수 있다네. 내 약속하네. 그리고 자네, 고맙고 또 고맙네. 자네는 내 말을 선의로 받아들일 터이니 말이야. 어터슨, 한마디만 더 하고 끝내겠네. 이 일은 사적인 문제이니 제발 자넨 모른 척해주게."

어터슨은 난롯불을 바라보며 잠시 생각에 빠졌다.

"자네 말이 틀림없을 것이라 믿네." 마침내 그가 일어서면서 말했다.

"자, 마침 이 문제에 대해 논의했으니 이번이 마지막이 됐으면 좋겠군." 박사가 말을 이었다. "자네가 이해해줬으면 하는 게 한가지 있네. 나는 불쌍한 하이드에 대해 큰 관심을 가지고 있네. 자네가 그를 만났다는 사실을 알고 있네. 걔가 나에게 말해줬거든. 나는 걔가 무례해서 걱정이네. 하지만 내가 이 젊은이에게 아주, 아주 큰 관심을 가지고 있는 건 사실이야. 그래서 만일 내가 죽기라도 하면, 어터슨, 자네가 그 친구를 참을성 있게 대해서 걔 권리를 찾아주겠다고 약속해줬으면 하네. 자네가 사정을 속속들이 알게 되면 그리 할 거라고 생각하네. 자네가 약속해주면, 그건 내 가슴의 돌덩어리 하나를 덜어주는 걸세."

"앞으로 그 친구를 좋아하게 될 거라는 거짓말은 못하겠네." 변호사가 말했다.

"그걸 요구하는 게 아니야." 지킬은 상대방의 팔에 그의 손을 얹고 애원했다. "난 단지 순리대로 할 것을 요구할 따름이야. 내가 이 세상 사람이 아닐 땐, 날 위해 걔를 도와달라는 것뿐이야."

어터슨은 한숨이 나오는 걸 막을 수 없었다. "그래." 그가 말했다. "내 약속하지."

커류 살인 사건

　그로부터 거의 일년이 지난 1800년 8월, 기괴한 흉악범죄가 런던을 뒤흔들었는데, 피해자가 고위직이었기에 더욱 이목을 끌었다. 자세한 내용은 알려진 게 거의 없었지만 끔찍한 내용이었다. 강가에서 멀지 않은 집에 혼자 있던 하녀가 자려고 열한시경 이층 침실로 올라갔다. 런던은 자정에서 새벽까지 안개가 자욱하게 깔리곤 하지만, 그날밤 이른 시간대에는 구름 한점 없었다. 하녀의 침실 창문으로 보이는 골목길이 보름이라 환히 보였다. 그녀는 창문 바로 아래 놓아둔 상자에 앉아 몽상에 빠져 있었으니 아마 낭만적 심성을 가진 하녀였던 모양이다. (그녀가 눈물을 줄줄 흘리며 반복해서 말한 진술에 따르면) 그녀는 그때만큼 사람들과의 관계가 평화로운 걸 느껴본 적이 없었고, 또한 그때만큼 이 세상에 대해 호감을 가져본 적도 없었다고 했다. 그런 상태로 앉아 있다가 그녀는 지긋한 나이의 멋진 백발의 신사가 골목길을 따라 가까이 오고 있는 걸 보았고, 키가 아주 작은 또다른 신사가 그 사람을 만나기 위해 다가가는 것도 보았지만, 처음에 별 주의를 기울이지 않았다. 두 사람이 말을 걸 수 있을 만큼 가까워졌을 때(그 장소가 바로 하녀의 시선 아래였다) 나이 든 신사가 인사를 하고 아주 정중한 태도로 상대방에게 말을 걸었다. 대화 주제가 대단한 것 같지는 않았다. 사실 그가 손으로 뭔가 가리키고 있는 걸 보면 그냥 길을 묻는 것처럼 보였다. 그런데 그가 말하는 동안 달빛이 그의 얼굴을 환히 비추었으니, 그 얼굴에서 순진한 옛날식의 온화한 성품, 그렇지만 뿌리 깊은 자신감에서 나오는 고매함이 동시에 풍겨 하녀는 기분 좋게 노신사 얼굴을 지켜보았다. 그녀는 이내 그 상대방을 보게 되었고, 그 사람이 하이드 씨란 걸 알고 깜짝 놀랐다. 그는 그녀의 주인집을 한번 방문한 적이 있었으며, 그녀가 내심 아주 싫어하는 사람이었다. 그는 손에 둔중한 지팡이를 들고 장난감처럼 만지작거렸다. 그런데 그는 한마디도 답변하지 않았고, 이야기를 들으면서 성질을 참지 못하는 것처럼 보였다. 그러다 갑자기 불같이 화를 내며 발을 굴렀고, 지팡이를 휘두르며 (하녀의 진술에 따르면) 미친 사람처럼 굴었다. 노신사는 아주 당황한 모습으로, 그리고 약간 불쾌한 표정으로 한걸음 뒤로 물러섰다. 그러자 하이드 씨는 고삐 풀린 망아지처럼 날뛰면서 노신사를 지팡이로 쳐서 땅바닥에 쓰러뜨렸다. 다음 순간 그는 유인원처럼 화를 내면서 자신의 먹잇감을 발로 짓밟더니 몽둥이세례를 퍼부었다. 맞아서 뼈가 부러지는 소리가 들렸고 몸이 길바닥 위로 튀어올랐다. 그 광경과 소리가 너무나 끔찍해서 하녀는 기절하고 말았다.

정신이 돌아온 그녀가 경찰을 부른 때는 새벽 두시였다. 살인범은 오래전에 사라졌으나 피살자는 믿기 어려울 정도로 몸이 망가진 채 길 한가운데에 놓여 있었다. 일을 저지를 때 사용한 지팡이는 구하기 힘든 아주 단단하고 무거운 재목으로 만든 것인데도 이렇게 비정하고 잔인한 가격의 충격으로 가운데가 부러져버렸다. 부러진 한쪽은 근처 도랑까지 굴러갔는데, 나머지 한쪽은 분명 살인범이 들고 갔을 것이다. 피살자의 몸에서 지갑과 금시계는 발견되었지만 명함이나 서류는 발견되지 않았다. 봉인을 한 우표 붙인 봉투가 있었는데, 아마 피살자가 우체국으로 들고 가려 했던 것으로 추정되었고, 거기에 어터슨 씨의 이름과 주소가 적혀 있었다.

아침에 변호사가 자리에서 일어나기도 전에 경찰이 봉투를 가지고 찾아왔다. 봉투를 보고 상황을 듣자마자 그는 입술을 내밀고 진중하게 "시신을 보기 전까지 아무 말도 할 수 없소"라고 했다. "이건 중대한 사건이오. 옷을 갈아입을 때까지 좀 기다려주시오." 그리고 이전과 똑같은 심각한 표정으로 황급히 아침식사를 하고 나서 경찰서로 향했다. 시체는 이미 그곳으로 옮겨놓여 있었다. 지하실로 들어서자마자 그는 고개를 끄덕였다.

"맞소." 그가 말했다. "누군지 알겠소. 유감스럽게도 이분은 댄버스 커류 경이오."

"저런!" 경관이 비명을 질렀다. "그게 정말입니까?" 그러나 다음 순간 직업적 야심으로 그의 눈이 번득였다. "꽤 시끄러워지겠는데요." 그가 말했다. "그런데 선생님은 범인을 체포할 수 있도록 도와주시겠지요." 그러더니 그는 하녀의 목격담을 간략하게 이야기하고 부러진 지팡이를 보여주었다.

어터슨 씨는 하이드란 이름이 나올 때부터 이미 놀랐고 기가 꺾였다. 그러나 자기 앞에 제시된 지팡이를 보자 더이상 의심할 수 없었다. 부러져 망가졌지만, 수년 전 자신이 헨리 지킬에게 선물한 바로 그 지팡이임을 알아차렸다.

"이번 사건의 하이드 씨는 키가 작은 인물이오?" 그가 물었다.

"아주 작고, 아주 사악한 생김새라고 하녀가 말했습니다." 경관이 말했다.

어터슨 씨는 곰곰이 생각하다가 머리를 치켜들고 말했다. "나와 함께 마차를 타고 갑시다. 당신을 그 사람 집까지 데려다줄 수 있소."

그 시각이 아침 아홉시경이고, 계절이 바뀐 후 처음으로 짙은 안개가 낀 날이었다. 초콜릿색의 거대한 구름 장막이 하늘을 덮고 있었지만 바람이 구름 요새를 끊임없이 공격해 몰아내고 있었다. 그래서 마차가 거리를 기어가는 동안 어터슨 씨는 아침노을의 농도와 색채가 수도 없이 다양해지는 걸 보았다. 늦저녁처럼 컴컴한 거리를 지나니, 다음 거리는 화려한 갈색 노을이 기괴한 대형 화재의 불빛처럼 이글거리며 타오르고 있었다. 그리고 다시 한순간에 안개가 걷히면서 소용돌이치는 구름덩이를 비집고 희뿌연 햇살이 보였다.[11] 소호 지역의 도로는 질퍽했고, 행인은 꾀죄죄했으며, 늘어선 가로등은 아마 소등하지 않았거나 아니면 어둠의 이런 음산한 침입과 싸우기 위해 다시 점등한 것일 것이다. 이렇게 계속 변하는 햇살 아래로 보이는 음산한 소호는 변호사에게 마치 악몽 속 도시의 한 구역처럼 보였다. 게다가 그가 마음에 품고 있는 생각의 색깔은 그 어느 때보다도 우중충한 색채를 띠고 있었다. 함께 마차를 타고 가는 사람을 힐끗 보면서 그는 법과 법 집행관이 풍기는 공포가 자신을 툭툭 건드리고 있음을 의식했는데, 아주 정직한 사람들도 가끔 이런 공포에 시달리는 법이다.

   일러준 주소 앞에 마차가 멈춰섰을 때 안개가 조금 걷혀, 지저분한 거리, 야한 대중주점, 값싼 프랑스식 식당, 1페니짜리 야담잡지와 2페니짜리 셀러드를 파는 가게가 보였다. 해진 옷을 입은 아이들이 문간에서 엉켜 있었고, 국적이 다양한 여자 여럿이 손에 열쇠를 쥔 채 아침부터 한잔하러 갔다.[12] 그러다 다음 순간 암갈색 물감처럼 짙은 안개가 다시 그 지역을 덮쳤고, 그의 시야에서 더러운 주변을 가렸다. 이곳이 헨리 지킬의 총애를 얻어 25만 파운드를 상속받기로 되어 있는 사람의 집이었다.

---

11 지금은 해결되었지만 당시 악명 높은 런던의 스모그를 묘사한 것이다. 스모그는 산업혁명 이후 대기오염에 의해 발생한 현상으로 겨울에 특히 심했다.
12 이 시기 소호 지역에는 식민지에서 온 하층 여성들이 많이 살았다.

상아색 얼굴에 은발의 노파가 문을 열었다. 부드러운 위선으로 표정을 감춘 사악한 얼굴이었지만, 노파는 매너가 아주 좋았다. "그렇습죠." 그녀가 말했다. "여기가 하이드 씨 댁입죠. 하지만 지금 안 계십니다요. 밤늦게까지 죽 계시다 다시 나가신 지 한시간도 채 안됩죠. 별반 이상한 일은 아닙니다요. 주인님은 생활습관이 아주 불규칙하셔서 종종 집을 비우시지요. 이번에는 근 두달간 집을 비우셔서 저도 어제 처음 뵈었습니다요."

"좋아요. 그럼 그분 방을 보고 싶소." 변호사가 말했다. 노파가 그건 안된다고 해서 그가 덧붙였다. "이분의 신분을 밝혀야겠군요. 이분은 런던 경시청 수사관으로 근무하는 뉴커먼 씨요."

순간, 노파의 얼굴에 얄미운 화색이 돌았다. "아이고!" 그녀가 말했다. "주인님이 사고를 쳤군요. 무슨 일인가요?"

어터슨 씨와 수사관이 눈빛을 교환했다. "주인의 평판이 별로 좋지 않아요." 수사관이 말했다. "자, 나와 이 신사분이 여기를 둘러보도록 해주기만 하면 되오."

집 전체를 둘러보았지만 노파의 방 말고는 비어 있었다. 하이드 씨는 단지 방 두칸만을 쓰고 있었는데, 가구는 고급 취향의 명품이었다. 벽장에는 포도주가 채워져 있었고, 식기는 은제품이었으며, 식탁보는 우아했다. 벽에는 훌륭한 그림이 한점 걸려 있었는데, 어터슨은 안목이 상당한 헨리 지킬로부터 받은 선물일 것이라고 추측했다. 카펫은 여러겹으로 엮어 만든 고급제품인데 색깔이 보기 좋았다. 그러나 방에는 조금 전까지 누군가 급하게 뒤진 흔적이 곳

곳에 남아 있었다. 옷은 주머니가 뒤집힌 채 바닥에 널브러져 있었고, 자물쇠 달린 서랍은 열려 있었으며, 서류를 한무더기 태웠는지 난로에는 잿더미가 쌓여 있었다. 수사관은 아직 불씨가 남아 있는 잿더미에서 초록색 수표책을 끄집어냈는데 불속에서도 끄트머리는 아직 남아 있었다. 부러진 지팡이 한쪽이 문 뒤에서 발견되었다. 이렇게 의심이 확신으로 바뀌면서 수사관은 크게 만족감을 표시했다. 은행으로 가서 수천 파운드가 살해범 명의로 입금되어 있는 것을 발견하자 그의 만족감은 절정에 달했다.

"이것으로 해결된 겁니다." 수사관은 어터슨 씨에게 말했다. "이 자는 제 손아귀에 있습니다. 분명 제정신이 아니었을 겁니다. 그렇지 않다면야 지팡이를 놔두지 않았을 거고, 무엇보다 수표책을 태울 리 없지요. 왜냐하면 돈은 그자에게 생명줄이기 때문입니다. 은행에서 그잘 기다리기만 하면 됩니다. 그리고 수배전단을 돌려야죠."

그런데 이 마지막 일은 실행하기 쉽지 않았다. 왜냐하면 하이드 씨와 잘 아는 사람이 거의 없었고, 심지어 하녀의 주인조차 그를 딱 두번 보았을 따름이기 때문이다. 그의 가족은 찾을 수 없었으며, 그는 사진을 찍은 적도 없었다. 인상착의를 말할 수 있는 사람이 거의 없는데다, 평범한 목격자로서 본 것이기 때문에 사람마다 진술이 크게 달랐다. 그러나 한가지 점에서는 모두 일치했으니, 그것은 도망친 범인이 뭐라고 표현할 수는 없지만 소름 끼칠 정도로 기형이란 인상을 목격자들에게 남겼다는 사실이다.

편지 사건

오후 늦게 어터슨 씨는 지킬 박사를 찾아갔다. 문 앞에 이르자마자 풀이 나와서 그를 모시고 주방을 거쳐 이전에 정원이 있던 뒤뜰을 가로질러, 실습실 또는 해부실이라고 부르는 건물로 안내했다. 박사는 아주 저명한 외과의사의 후손으로부터 이 집을 사들였다. 그런데 해부학보다 화학이 더 박사의 취향에 맞았기 때문에 정원 안쪽 끝에 위치한 그 건물의 용도를 바꿔버렸다. 변호사가 친구의 저택 안 그곳으로 안내받은 것은 이번이 처음이었다. 그러하기에 그는 호기심에 찬 눈으로 지저분하고 창이 없는 건물을 눈여겨보았고, 계단강의실을 지나갈 때에는 기이한 혐오감을 느끼며 둘러보았다. 한때 열성적 학생들로 가득 찼을 교실에 지금은 황량한 정적만이 감돌았다. 탁자에는 화학 실험기구들이 놓여 있었고, 바닥에는 상자더미와 상자를 묶었던 끈이 널려 있었으며, 안개 자욱한 둥근 지붕의 창에서 희뿌연 광선이 스며들어왔다. 교실 끝에서 계단을 하나 올라가자 빨간 베이즈 천으로 덮인 문이 나왔다. 어터슨 씨는 이 문을 통과해서 마침내 박사 혼자 쓰는 연구실에 도착했다. 큼직한 방으로, 유리를 단 서랍장이 빙 돌아가며 여러채 있었고, 특히 전신거울과 업무용 탁자가 눈에 띄었다. 먼지 자욱하고 쇠창살을 단 세개의 창을 통해 공원이 보였다. 벽난로에서는 불이 타오르고 있었다. 저택 안쪽인데도 안개가 짙게 깔리기 시작했기 때문에 굴뚝 선반 위에 있는 램프가 켜져 있었다. 그곳에서 지킬 박사는 바싹 난로 가까이 앉아 있었는데 극도로 쇠약해 보였다. 그는 방문객을 맞으러 일어나진 않았지만 차가운 손을 내밀며 반갑다고 말했는데 목소리가 예전만 못했다.

풀이 방을 나가자마자 어터슨이 말문을 열었다. "그런데 자네도 소식 들었겠지?"

박사가 부르르 몸을 떨었다. "신문 파는 애들이 광장에서 소리치면서 다녀." 그가 말했다. "식당에서도 그 소리가 들린다네."

"한가지만 묻겠네." 변호사가 말했다. "자네와 마찬가지로 커류도 내 고객이야. 그래서 이 사건이 나와 어떻게 연관되는지 알고 싶네. 그자를 숨겨주는 정신 나간 짓은 하지 않았겠지?"

"어터슨, 하느님께 명세하지." 박사가 목청을 높였다. "맹세코, 다시는 그를 보지 않을 걸세. 죽을 때까지 그와 함께하지 않으리라는 것에 내 명예를 걸겠네. 완전히 끝났어. 그리고 사실을 말하자면 그는 내 도움을 필요로 하지 않네. 자넨 나만큼 그를 몰라. 그는 안전한 곳에 있어, 아주 안전해. 내 말을 그대로 받아들이게. 다시는 그에 대해 들을 일이 없을 거야."

이야기를 듣는 변호사의 표정이 어두웠다. 그는 친구가 몹시 흥분해서 말하는 태도가 마음에 들지 않았다. "자넨 그자에 대해 상당히 확신하고 있군." 변호사가 말했다. "자넬 위해서 하는 말인데, 자네 말이 옳았으면 하네. 재판에 넘어가면 자네 이름이 거론될 수도 있어."

"그 친구 건에 대해서는 전혀 염려하지 말게." 지킬이 대답했다. "그 누구에게도 말할 수 없지만 확실한 근거가 있어서 하는 말이야. 그런데 자네 의견을 듣고 싶은 문제가 하나 있네. 내가 막 편지를 한장 받았는데, 이걸 경찰에게 보여야 할지 말아야 할지 결정을 못하겠어. 어터슨, 이 문제를 자네 손에 맡기겠네. 자네는 분명 현명하게 판단할 거야. 나는 정말 자네를 확실히 믿으니까."

"편지 때문에 그가 발각될까 두려운가?" 변호사가 물었다.

"아니야." 상대방이 말했다. "하이드가 어떻게 되든 나와는 상관없는 일이네. 걔하고는 완전히 끝났으니까. 내가 걱정하는 건 가증스러운 이 일로 인해 내 평판이 위태로워지는 것일세."

어터슨은 잠시 사념에 빠졌다. 친구의 이기적인 면에 놀랐지만, 그 때문에 오히려 마음이 편해졌다. "좋아, 편지 이리 줘보게." 마침내 그가 말했다.

편지의 필체는 기이하게도 꼿꼿하게 세운 글씨체였고, "에드워드 하이드"라는 서명이 있었다. 내용을 보면, 그동안 자신의 후원자인 지킬 박사가 오만가지 은덕을 베풀었으나 자신은 비열한 방식으로 보답했으며, 자신은 지금 확실한 도피수단이 있기 때문에 자신의 안전에 대해 걱정하거나 애쓸 필요가 없다는 아주 간략한 것이었다. 변호사로서는 이 편지가 아주 반가웠다. 자신이 그동안 밝혀내려고 했던 그런 친밀한 관계는 아닐 가능성이 높아졌기 때문이다. 그는 몇몇 일을 근거도 없이 의심한 것에 대해 스스로를 책망했다.

"봉투 가지고 있나?" 변호사가 말했다.

"태워버렸네." 지킬이 대답했다. "어떻게 해야 할지 생각도 하기 전에 그랬어. 하지만 소인이 없었네. 인편으로 받은 걸세."

"이 편질 가지고 가서 하룻밤 자면서 생각해도 되겠지?" 어터슨이 물었다.

"자네가 나 대신 아예 결정을 내려주게." 그가 대답했다. "이제 난 나 자신을 믿을 수가 없어."

"그래, 생각해보지." 변호사가 말을 받았다. "한가지만 더. 자네 유언장에서 실종에 대한 조항은 하이드의 지시였나?"

박사는 경기 들린 듯 몸을 떨었다. 그는 입술을 굳게 다물고 고개를 끄덕였다.

"난 알고 있었네." 어터슨이 말했다. "그잔 자넬 죽이려 했어. 자넨 용케 피한 거야."

"원래 의도했던 것 이상의 일을 겪었네." 박사가 굳은 얼굴로 응수했다. "큰 교훈을 얻었어. 아아, 어터슨, 정말로 값비싼 교훈을 얻었어!" 그러고 나서 잠시 동안 두 손으로 얼굴을 감쌌다.

어터슨은 저택에서 나오다 말고 멈춰서서 풀과 몇마디 나누었다. 어터슨이 말했다. "그런데 오늘 인편으로 편지가 왔을 텐데, 배달원이 어떻게 생겼던가?" 그러나 풀은 우편으로 온 것 말고는 전혀 온 게 없다고 단언했고 "그것도 모두 전단지뿐이었습니다"라고 덧붙였다.

문밖을 나서던 방문객은 이 말을 듣자 두려움이 되살아났다. 편지는 실습실 문을 통해 전달된 것이 분명했다. 어쩌면 연구실에서 썼는지도 모를 일이다. 만일 그렇다면 이것은 이전과는 다르게 판단해야 하고, 더 조심스럽게 다뤄야 한다. 돌아오는 길에 신문팔이 소년들이 보도를 따라가며 "호외! 의회 의원, 충격적 살해."를 목이 쉬도록 외치고 있었다. 그 외침은 자신의 고객이기도 한 친구에 대한 추도사였다. 그런데 그는 또 하나의 선량한 이름이 추문의 소용돌이 속으로 빨려들어갈지도 모른다는 일말의 두려움을 피할 수 없었다. 어쨌든 그는 곤란한 문제에 대해 결정을 내려야 했다. 그는 습관적으로 자기 자신을 믿었지만, 다른 사람의 조언을 받고 싶다는 생각이 들기 시작했다. 직접 조언을 구할 일은 못되었다. 그러나 어쩌면 넌지시 얻을 수 있겠다고 생각했다.

잠시 후 그는 난롯가의 한쪽 편에 앉았고, 사무장 게스트 씨가 다른 쪽에 앉았다. 두사람의 중간 지점으로 난로에서 아주 적절히 떨어진 곳에는 햇빛을 피해 지하실에서 오랫동안 보관해온 최상급 포도주 한병이 놓여 있었다. 도시를 뒤덮은 안개는 아직도 대기에 머물고 있었고, 가로등은 홍옥처럼 가물거렸다. 런던 중심가의 삶의 행렬은 가라앉은 안개의 적막과 질식을 뚫고 거센 바람소리를 내며 대동맥을 따라 계속 굴러갔다. 그러나 방 안은 난로 불빛으로 화사했다. 포도주의 신맛은 병 속에서 오래전에 없어졌고, 제왕의 자줏빛은 색깔이 스테인드글라스를 통과할 때 더욱 진해지듯 세월과 함께 부드러워졌다. 그리하여 언덕배기 포도밭 위로 내려앉은 여름날 오후의 뙤약볕은 병의 구속에서 마침내 풀려나와 런던의 안개를 흩어지게 할 쥬비가 되어 있었다. 자신도 모르게 변호사는 느긋해졌다. 그는 누구보다도 게스트 씨에게는 자신의 비밀을 덜 감추고 살았다. 그러다가 가끔은 자신이 의도한 것보다 더 많이 말한 게 아닌가 하는 생각을 하곤 했다. 게스트는 업무상 종종 박사의 집에 다녀왔다. 그리고 풀과 알고 지내는 사이였으므로 하이드 씨가 그 집에 자주 출입한다는 사실을 듣지 못했을 리 없다. 게스트라면 결론을 내릴 수 있을지도 모른다. 미궁에 빠진 이 사건을 바로잡아줄 편지를 그에게 보여주는 게 좋지 않을까? 다른 것은 제쳐두더라도, 게스트는 아주 탁월한 필적감정 전문가이니만큼 편지를 보여주는 것이 자신을 배려한 당연한 일이라고 여기지 않을까? 게다가 사무장은 상담전문가였다. 이렇게 이상한 서류를 읽고 자신의 소견을 피력하지 않을 리 없다. 어터슨 씨는 그의 소견을 참조하여 이후의 행동방침을 세울 수 있을 것이다.

"이번 댄버스 경 사건은 참으로 슬픈 일일세." 변호사가 말했다.

"정말 그렇습니다. 사람들이 이번 일로 분노하고 있습니다." 게스트가 대답했다. "보나 마나 미친 자의 소행입니다."

"바로 그 문제에 대해 자네의 의견을 듣고 싶네." 어터슨이 대답했다. "그자가 직접 쓴 서류를 가지고 있네. 이것을 어떻게 처리해야 할지 모르겠으니, 다른 사람에게는 비밀로 해두게. 아무리 좋게 보려고 해도 추악한 일이네. 이걸 보게. 자네가 정통한 분야일세. 살해범의 자필이라네."

게스트의 눈이 빛나더니 즉시 자리에 앉아 열심히 편지를 살펴보았다. "아니군요." 그가 말했다. "광인이 아니군요. 그런데 특이한 필체네요."

"어느 모로 보나 아주 이상한 사람이야." 변호사가 이어 말했다.

바로 그때 하인이 쪽지를 들고 들어왔다.

"혹시 지킬 박사 댁에서 온 겁니까?" 사무장이 물었다. "제가 박사님 필적을 알고 있거든요. 어터슨 씨, 사적인 용무입니까?"

"아니, 만찬 초대장일세. 왜? 보고 싶은가?"

"잠깐만 보여주십시오. 감사합니다." 사무장은 두장의 서류를 나란히 놓고 그 내용을 꼼꼼히 비교했다. "감사합니다." 마침내 그가 두장 모두 돌려주며 말했다. "아주 흥미로운 자필서류입니다."

한동안 말이 끊겼는데, 그동안 어터슨 씨는 자신의 감정을 억제하려고 애를 썼다. "게스트, 왜 그것을 비교했는가?" 갑자기 질문이 나왔다.

"변호사님." 사무장이 말을 받았다. "아주 묘하게 닮았습니다. 두 필체는 여러 면에서 동일합니다. 단지 글씨의 기울기만 다를 뿐입니다."

"아주 희한한 일이군." 어터슨이 말했다.

"말마따나 아주 희한한 일입니다." 게스트가 응수했다.

"난 이 쪽지에 대해서 말하지 않을 작정이네. 자네도 알고 있게." 변호사가 말했다.

"저도 말하지 않겠습니다." 사무장이 말했다. "무슨 말씀인지 알겠습니다."

그러나 어터슨 씨는 그날밤 혼자 남게 되자 곧바로 그 쪽지를 금고 안에 넣고 잠가두었다. 그것은 앞으로 금고 안에 보관될 것이다. '어찌 된 일인가!' 그는 생각했다. '헨리 지킬이 살인자를 위해 편지를 위조하다니!' 그러자 온몸의 피가 얼어붙었다.

래니언 박사에게 닥친 놀라운 사건

시간은 계속 흘러갔다. 댄버스 경 살해사건은 공적인 해악으로 공분을 불러일으켰기 때문에 수천 파운드의 현상금이 내걸렸다. 그렇지만 하이드 씨는 존재하지 않았던 인물인 양 경찰 수사망 밖으로 사라졌다. 그의 과거 행적이 상당히 밝혀졌는데, 실로 모두 평판이 안 좋은 것이었다. 그의 비정하고 폭력적인 잔인성, 야비한 생활, 수상한 패거리, 가증스러움 등 그의 경력을 둘러싼 것들에 대한 이야기가 흘러나왔다. 그러나 그의 현위치에 대해서는 뜬소문조차 없었다. 살인을 저지른 날 아침 소호의 집에서 나간 이후 그의 존재는 말 그대로 지워졌다. 시간이 지나면서 너무나 놀랐던 어터슨 씨는 조금씩 진정되기 시작했고 점차 마음의 평온을 되찾아갔다.

그는 하이드 씨가 사라진 것이 댄버스 경의 죽음에 대한 보상으로 충분하고도 남는다고 나름 생각했다. 악의 영향에서 벗어나자 지킬 박사는 새로운 삶을 살기 시작했다. 그는 은둔에서 벗어나 친구들과 관계를 재개하였고 다시 만찬의 손님과 초대자로 자주 왕래했다. 또한 옛날부터 자선활동으로 널리 알려진 그에게는 이제 그것 못지않게 종교활동도 두드러졌다. 그는 바쁘게 살았으며, 사람들 앞에 자주 나타났고, 남을 위해 착한 일을 했다. 봉사를 내심 의식해서인지 얼굴이 환하게 펴졌다. 이렇게 마음 편한 상태로 두어 달이 지나갔다.

1월 8일 어터슨은 박사의 저택에서 몇몇 사람들과 식사를 했는데 래니언도 거기 있었다. 손님을 초대한 주인은 옛날 셋이 단짝으로 꼭 붙어다닐 때처럼 어터슨과 래니언을 번갈아 바라보았다. 12일, 그리고 다시 14일 변호사는 지킬을 만나러 갔으나 그는 문을 열어주지 않았다. "박사님이 칩거 중이셔서요." 풀이 말했다. "아무도 만나지 않으십니다." 15일 다시 방문했으나 또다시 거절당했다. 지난 두달 동안 거의 매일 지킬을 만나다시피 했기 때문에 지킬이 고독한 칩거로 되돌아간 것이 그의 마음을 무겁게 짓눌렀다. 닷새째 되는 날 밤 그는 게스트 씨를 불러 식사를 했다. 그리고 엿새째 되는 날 직접 래니언 박사를 찾아갔다.

거기서는 최소한 문전박대를 당하지 않았다. 그러나 집에 들어섰을 때 박사의 용태가 달라진 것을 보고 충격을 받았다. 얼굴에는 죽음의 사령장이 또렷이 쓰여 있었다. 장밋빛 얼굴은 창백해졌고, 살이 쑥 빠졌다. 예전에 비해 머리숱이 눈에 띄게 적어졌고, 폭삭 늙어 보였다. 그렇지만 정작 변호사의 시선을 끈 것은 급속도로 진행된 노화의 증거보다는 오히려 마음속 깊이 자리잡은 공포감을 입증해주는 듯한 눈빛과 사람을 대하는 태도였다. 래니언 박사가 죽음을 두려워하다니 있을 수 없는 일이었다. 그러나 어터슨은 그쪽으로 의심이 갔다. '그래, 래니언은 의사잖아.' 그는 생각했다. '그는 죽을 날이 얼마 남지 않은 자신의 상태를 분명히 알 거야. 그걸 아니까 견딜 수가 없는 거지.' 어터슨이 그의 병색에 대해 언급했을 때 래니언은 아주 확고한 목소리로 자기가 죽게 될 거라고 말했다.

"난 큰 충격을 받았네." 그가 말했다. "절대 회복되지 않을 거야. 몇주 정도 더 살겠지. 그래, 지금까지 인생을 즐겁게 살았네. 인생을 사랑했지. 안 그런가. 난 인생을 사랑했다네. 그런데 모든 걸 알게 되느니 차라리 죽는 게 더 낫다고 생각될 때가 있네."

"지킬도 아프다네." 어터슨이 말했다. "최근에 그를 본 적이 있나?"

그런데 래니언의 안색이 돌변하면서 떨리는 손을 치켜들었다. "지킬에 대해서는 더이상 보고 싶지도 듣고 싶지도 않네." 그는 떨리는 목소리로 크게 말했다. "그 인간하고의 관계는 완전히 끝났어. 그러니 내 앞에서 그를 언급하지 말아주게. 나에게는 그가 죽은 사람이나 마찬가지이니."

"저런, 저런." 어터슨 씨가 혀를 찼다. 그리고 한동안 잠자코 있다가 다시 물었다. "내가 해줄 일이 뭐 없을까? 래니언, 우리 셋은 옛날부터 친구였네. 이 나이에 다시 어떻게 그런 친구를 만들겠나."

"소용없는 일이네." 래니언이 대답했다. "그 친구에게 직접 물어보게."

"날 만나려 하지 않는다네." 변호사가 말했다.

"전혀 놀랄 일이 아니지." 그의 응답이었다. "어터슨, 내가 죽고 나서 아마 언젠가 자네는 이것에 대해 옳고 그른 것을 알게 될 거야. 내가 자네에게 말할 수는 없네. 그러니 지금 앉아서 나와 다른 얘기를 나눌 수 있다면, 부디 머물러서 그렇게 하게. 그러나 이 진절머리 나는 주제를 마음에서 지울 수 없다면 제발 돌아가주게. 난 도저히 참을 수 없으니."

집으로 돌아오자마자 어터슨은 자리에 앉아 지킬에게 편지를 써서 그동안 문전박대당한 것에 대한 불편한 심정을 토로한 후, 유감스럽게도 래니언과 절교하게 된 이유를 물었다. 다음날 장문의 답장이 도착했는데, 아주 비감한 느낌을 주는 말들이 적잖이 사용되었고, 때때로 의미가 어둡고 모호하기도 했다. 래니언과의 불화는 돌이킬 수 없는 것이었다. "나는 우리의 오랜 친구를 비난하지 않겠네." 지킬이 썼다. "그러나 래니언 말대로 우리는 결코 만나지 말아야 하네. 앞으로 극단적 칩거생활을 할 작정이네. 자네에게까지 문을 걸어잠그더라도 놀라거나 내 우정을 의심하지 말게. 나 홀로 어두운 길을 갈 터이니 그냥 참아주게. 난 내 입으로 말할 수 없는 위험한 일을 저질러 스스로 벌을 받고 있네. 만일 내가 죄인 중 괴수[13]라면 수난자 중 가장 불쌍한 수난자이기도 하다네. 날 이토록 무기력하게 만드는 고통과 공포를 완화해줄 장소가 이 지구 어딘가에 있으리라곤 도저히 생각할 수 없네. 어터슨, 이 운명적 부담을 덜기 위해 자네가 할 수 있는 일은 하나밖에 없네. 그건 내 침묵을 존중해주는 것이라네." 어터슨은 경악했다. 하이드의 음침한 영향력이 사라지면서 지킬 박사는 예전의 일과와 친교상태로 되돌아왔다. 일주일 전만 해도 미래는 화창했고, 모든 것이 밝고 명예로운 노년의 전망을 보여주고 있었다. 그런데 지금 일순간에 우정과 마음의 평화, 그리고 그의 인생행로 전부가 파국을 맞이했다. 이렇게 극심하고 급작스러운 변화는 광기의 가능성을 시사하지만, 래니언의 태도와 말을 고려해보면 필시 무언가 더 깊은 연유가 있는 게 틀림없다.

일주일 후 래니언 박사는 자리에 누웠고, 채 두주가 되기 전에 죽었다. 어터슨은 장례식날을 슬픈 심정으로 보내고, 그날밤 업무실 문을 걸어잠근 후 타계한 친구가 친필로 수취인 주소를 적고 봉인한 봉투를 꺼내 우울한 촛불 앞에 놓았다. 겉봉에는 "친전: J. G. 어터슨에게 직접 전달할 것. 수취인이 먼저 사망한 경우에는 개봉하지 말고 파기할 것."이라고 커다랗게 쓰여 있었다. 그래서 변호사는

---

13 신약성서 디모데전서 1장 15절에서 가져온 말로 그 구절은 다음과 같다. "미쁘다, 모든 사람이 받을 만한 이 말이여, 그리스도 예수께서 죄인을 구원하시려고 세상에 임하셨다 하였도다. 죄인 중에 내가 괴수니라."

내용을 열어보기가 두려웠다. '오늘 친구 한명을 땅에 묻었다.' 그는 생각했다. '만일 이 편지로 인해 또 한명이 죽는다면?' 그러다 이런 두려움은 친구에 대한 배신이라고 자신을 나무란 다음 봉투를 뜯었다. 그 안에는 똑같은 방식으로 봉인된 봉투가 또 있었고, 겉에는 "헨리 지킬 박사의 사망 혹은 실종 때까지 개봉하지 말 것"이라고 적혀 있었다. 어터슨은 자신의 눈을 믿을 수가 없었다. 그렇다. 실종이란 말이 여기서 또 나온 것이다. 그는 오래전에 터무니없는 유언장을 작성자에게 돌려준 적이 있는데 그 유언장과 마찬가지로 여기서도 실종이란 말이 헨리 지킬이란 이름과 한묶음으로 나왔다. 그런데 유언장에서 실종이란 말은 하이드란 자의 불길한 제안에서 유래한 것이고 그 속에는 아주 명백하고 끔찍한 어떤 의도가 놓여 있었다. 래니언이 손수 쓴 실종이란 말은 과연 무엇을 의미하는가? 래니언의 신탁관리자인 어터슨은 강렬한 호기심에 사로잡혀 개봉금지 권고를 무시하고 곧장 이 미궁의 바닥까지 내려가고 싶었다. 그러나 직업인으로서의 명예와 작고한 친구에 대한 신의는 엄중한 의무였다. 그리하여 그 소포는 그의 개인금고 가장 안쪽 구석에서 잠자게 되었다.

호기심을 참는 것은 호기심을 물리치는 것과 별개의 문제이다. 그리고 래니언이 죽은 후 어터슨이 살아 있는 친구를 예전처럼 간절히 만나고 싶어했는지는 의문의 여지가 있다. 지킬에 대한 그의 심정은 여전히 따스했지만, 거기에는 불안과 두려움이 섞여 있었다. 실제로 그는 친구를 만나러 갔지만 거부당하자 아마도 마음이 편해졌으리라. 자발적 감옥 안으로 들어간 그 불가사의한 은둔자와 앉아 이야기를 나누는 것보다 오히려 현관 계단에서 개방된 도시의 공기와 소음에 둘러싸여 풀과 이야기하는 것을 내심 더 원했으리라. 사실 풀도 별 유쾌한 소식을 가지고 있지 않았다. 박사는 과거 어느 시절보다 실습실 위층 방에 틀어박혀 지내고 심지어 거기서 잘 때도 있다, 박사는 아주 침울한 상태인데다 말도 없고 책도 읽지 않는다, 잘 모르지만 마음에 걸리는 게 있나보다라는 이런 식의 보고를 매번 접하다보니 어터슨의 방문 횟수는 조금씩 줄어들기 시작했다.

창가에서 생긴 일

그날은 마침 일요일이라 어터슨 씨는 엔필드 씨와 함께 평소처럼 산책을 하던 중에 다시 한번 그 골목길을 지나게 되었다. 두사람 모두 그 문 앞에 도달해서는 걸음을 멈추고 문을 주의 깊게 바라보았다.

"그래요." 엔필드가 말했다. "그 이야기는 이제 확실히 끝났군요. 앞으로 하이드 씨를 볼 일은 없겠지요."

"그랬으면 좋겠어." 어터슨이 말했다. "내가 전에 자네에게 그 작자를 만난 일, 그리고 나도 자네만큼 그에게서 혐오감을 느꼈다는 것을 얘기했던가?"

"그자를 보면 혐오감을 갖지 않을 수 없지요." 엔필드가 말을 받왔다. "그런데 이 길이 지킬 박사 댁으로 가는 뒷길인 줄 몰랐으니, 형님은 얼마나 절 바보로 생각했을까요! 그런데 제가 알아내기는 했지만, 그건 형님 탓도 있습니다."

"그래서 드디어 알아냈다는 거지?" 어터슨이 말했다. "그런데 그러하다면 우리 공원 쪽으로 들어가 그 집 창문을 한번 쳐다보세. 사실대로 말하면, 불쌍한 지킬 때문에 마음이 불안하네. 비록 밖에 서지만 친구가 곁에 있으면 도움이 되지 않을까 싶어."

공원은 서늘하고 약간 습했으며, 머리 위 하늘은 저무는 석양빛으로 아직 환했지만 사방이 집으로 둘러싸인 공원에는 이미 땅거미가 내려앉았다. 세 창문 중 가운데 창문이 반쯤 열려 있었다. 누군가 마치 낙담한 죄수처럼 창문에 바싹 붙어 앉아서 한없이 슬픈 모습으로 바깥 공기를 들이마시고 있었는데, 어터슨이 보니 지킬이었다.

"아니, 지킬!" 그가 소리쳤다. "몸은 좀 나아졌겠지."

"아주 상태가 안 좋아, 어터슨." 박사의 대답이 처량했다. "아주 안 좋아. 오래 못 갈 거야, 고맙게도."

"너무 오랫동안 집에 틀어박혀 지내서 그래." 변호사가 말했다. "엔필드와 나처럼 밖으로 나다녀야 혈액순환이 된다네. (소개하지, 내 사촌 엔필드 군이야. 그리고 지킬 박사라네.) 지금 나오게나. 모자 쓰고 우리와 같이 한바퀴 휘익 도세나."

"고맙네." 상대방이 한숨을 쉬었다. "정말 그러고 싶네. 하지만 안돼, 절대 안돼. 불가능한 일이야. 엄두를 못 내겠어. 그런데 어터슨, 자네를 보니 너무나 기쁘네. 이렇게 만나서 진짜 아주 기쁘네. 자네와 엔필드 씨더러 이리 올라오라고 하고 싶으나, 이곳은 아주 적절치 않네."

"그러면, 우리가 여기 앉아 자네와 얘기를 나누는 게 최선이겠군." 변호사의 말이 따뜻했다.

"미안하지만 나도 바로 그걸 제안하려고 했어." 박사는 미소를 지으며 응답했다. 그러나 그 말을 하는 순간 그의 얼굴은 미소가 사라지며 아래쪽 두 신사의 피를 얼어붙게 할 정도로 비참하고 참담한 공포와 절망의 표정으로 변했다. 그가 곧 창문을 닫았기 때문에 불과 순식간의 일이었다. 그러나 그것으로 충분했으며, 두사람은 돌아서서 말 한마디 없이 공원에서 나왔다. 그리고 침묵 속에서 골목길을 가로질러, 일요일이었지만 아직 활기가 좀 남아 있는 근처 대로까지 나와서야 비로소 어터슨 씨는 뒤돌아 동행자를 바라보았다. 두사람 다 안색이 창백했다. 두사람의 눈에는 공포가 어려 있었다.

"하느님, 어찌 이런 일이, 어찌 이런 일이." 어터슨 씨가 말했다.

그렇지만 엔필드 씨는 아주 진중하게 고개만 까닥이고는 말없이 다시 걸었다.

마지막 밤

어터슨 씨는 저녁식사를 끝내고 난롯가에 앉아 있는데 풀이 찾아와서 깜짝 놀랐다.

"이게 누군가, 풀 아닌가. 자네가 여길 다 오다니 무슨 일인가?" 어터슨이 큰 소리로 말했다. 그런 후 그를 잠시 바라보았다. "자네를 괴롭히는 문제가 뭔가?" 어터슨이 덧붙여 말했다. "박사가 편찮은가?"

"어터슨 변호사님." 풀이 말했다. "뭔가 잘못되어가고 있습니다."

"앉아서 와인이나 한잔 마시게나." 변호사가 말했다. "자, 서두르지 말고 원하는 게 뭔지 알아듣게 이야기해보게."

"변호사님은 박사님의 방식을 잘 아시지요." 풀이 응답했다. "두 문불출하시는 생활 말입니다. 그런데 또다시 연구실에 틀어박혀 지내십니다. 그런데 전 그게 싫어요, 변호사님. 그걸 좋아할 바엔 제가 차라리 죽고 말지요. 어터슨 변호사님, 전 무서워요."

"자, 여보게." 변호사가 말했다. "명확하게 말을 하라니까. 뭐가 무서운가?"

"한주 내내 무서워 떨었습니다." 풀은 질문을 계속 무시하며 대답했다. "그런데 더이상은 못 견디겠습니다."

집사의 모습을 보니 그의 말이 사실임을 충분히 알 수 있었다. 그의 태도는 점점 악화되었다. 처음 두렵다고 했을 때를 제외하고는 변호사를 한번도 정면으로 바라보지 않았다. 시방도 포도주 잔을 무릎에 올려놓은 채 입도 대지 않고 바닥 한쪽 구석을 바라보고 있다. "더이상은 못 견디겠습니다." 그가 반복해 말했다.

"진정하게." 변호사가 말했다. "풀, 자네가 이러는 건 충분한 이유가 있을 거야. 일이 크게 잘못되었나보군. 무슨 일인지 말해보게."

"고약한 일이 생긴 것 같습니다." 풀이 쉰 목소리로 말했다.

"고약한 일이라고!" 변호사는 경악했고, 자신이 그렇게 놀란 사실이 짜증스러워서 소리쳤다. "고약한 일이 뭔가? 무슨 뜻인가?"

"변호사님, 제 입으론 말씀 못 드리겠습니다." 그가 대답했다. "저와 같이 가셔서 직접 보시지 않겠습니까?"

어터슨 씨는 대답 대신 일어나 모자와 두꺼운 외투를 집어들었다. 그런데 그는 집사가 크게 안도의 표정을 짓는 걸 보고 놀랐고, 그에 못지않게 집사가 따라나오면서 잔을 내려놓았지만 포도주를 입에 대지 않은 것을 보고 놀랐던 것 같다.

3월에 걸맞게 춥고 바람이 거센 밤이었는데, 창백한 달은 세찬 바람으로 인해 기우뚱 뒤로 기울어진 것처럼 누웠고, 아주 얇고 투명한 조각구름이 날아다녔다. 바람 때문에 대화가 힘들었고 얼굴에는 핏발이 섰다. 게다가 바람이 행인들까지 쓸어갔는지 거리는 평소와 달리 텅 비어 있었다. 어터슨은 런던의 이 지역이 이토록 한산한 것은 처음 본다고 생각했다. 어터슨은 행인으로 북적였으면 하고 바라지 않았나 싶다. 그는 난생처음으로 자신과 같은 사람을 보고 싶고 만지고 싶다는 아주 절실한 소망을 느꼈다. 그가 아무리 밀어내려고 노력해도 재앙의 파멸적 예감이 마음속으로 밀려드는 것을 막을 수는 없었다. 광장에 도달하니 온통 바람과 먼지뿐이었으며, 정원의 가녀린 나무들은 울타리를 따라 휘청대고 있었다. 오는 동안 줄곧 한두걸음 앞서 걷던 풀이 포장도로 한가운데서 걸음을 멈추고 모자를 벗더니 주머니에서 붉은 손수건을 꺼내 살을 에는 날씨에도 불구하고 이마에 흐르는 땀을 훔쳤다. 비록 황급히 걸어오긴 했지만 그가 닦은 것은 운동으로 인한 땀방울이 아니라 사람을 질식시키는 고통의 진땀이었다. 그의 얼굴은 창백했고, 목소리는 거칠어 제대로 말을 잇지 못했다.

"변호사님, 다 왔습니다. 하느님, 궂은일이 없도록 해주소서." 그가 말했다.

"아멘, 풀." 변호사가 말했다.

말이 끝나자마자 집사는 아주 조심스럽게 문을 두드렸다. 문은 쇠사슬이 채워진 채로 열렸다. 그리고 안쪽에서 목소리가 들려왔다. "집사님인가요?"

"그래." 풀이 말했다. "문 열어."

현관에 들어서서 보니 거실은 불이 환하게 밝혀져 있고, 난롯불이 활활 타오르고 있었다. 그런데 난로 주변에 하인 모두가 남녀 구분 없이 한무리 양떼처럼 뒤엉켜 있었다. 어터슨 씨가 나타나자 하녀가 발작적으로 울음을 터트렸다. 그리고 요리사는 "살았다! 어터슨 씨다."라고 외치면서 마치 그를 껴안을 듯이 달려나왔다.

"뭔가, 무슨 일인가? 다들 여기 모여 있는가?" 변호사가 언짢게 말했다. "엉망이군, 이게 무슨 꼴인가. 자네 주인이 알면 아주 기분 나빠할 텐데."

"전부 두려워하고 있습니다." 풀이 말했다.

휑한 침묵이 흘렀고, 아무도 말을 꺼내지 않았다. 숨죽여 울던 하녀만 목을 놓아 통곡했다.

"입 다물어!" 풀이 그녀에게 말했다. 격한 어조는 그 자신 신경이 예민해져 있음을 보여주는 것이었다. 실제로 하녀가 느닷없이 비탄의 곡성을 높이자 모두들 깜짝 놀라 두려운 일을 예감하는 듯한 표정을 지으며 안쪽 문을 향해 고개를 돌렸다. "자." 이어서 집사가 식탁담당 소년에게 말했다. "초를 가져와. 당장 이 사태를 해결할 거야." 그러고는 어터슨 씨에게 자신을 따라올 것을 부탁하고, 뒤뜰 정원 쪽으로 앞장서서 걸었다.

"그런데 변호사님." 그가 말했다. "되도록 조용히 가셔야 합니다. 변호사님께서 저쪽 소리를 들으셔야지, 이쪽 소리가 들려서는 안됩니다. 그리고 조심해야 할 것은 혹 그 사람이 들어오라고 하더라도 들어가시면 안된다는 겁니다."

어터슨은 이 예기치 않은 말을 듣는 순간 몸이 움찔했고 하마터면 넘어질 뻔하였다. 그러나 용기를 내어 정신을 가다듬고 집사를 따라 실습실 건물로 들어섰다. 잡동사니 상자와 병이 어지럽게 널려 있는 외과용 계단강의실을 가로질러 계단 입구에 다다랐다. 여기서 풀은 그에게 손짓으로 가장자리에 서서 소리를 들어보라고 했다. 그러는 한편, 자신은 촛대를 내려놓고 마음을 크게 가다듬는 모습이 역력했다. 그러고는 계단을 올라가 붉은 베이즈 천으로 덮인 연구실 문을 조금 불안하게 두드렸다.

"주인님, 어터슨 씨께서 뵙자고 합니다." 그가 말했다. 그 와중에도 그는 변호사에게 귀를 기울여보라고 한번 더 맹렬하게 손짓을 했다.

안쪽에서 목소리가 흘러나왔다. "아무도 만날 수 없다고 전해주게." 짜증스러운 목소리였다.

"고맙습니다, 주인님." 풀의 어투가 좀 의기양양했다. 촛대를 들고 앞장서서 어터슨 씨를 모시고 뒤뜰을 가로질러 큰 식당으로 다시 돌아왔다. 식당의 난롯불은 꺼져 있었고 바닥에서는 바퀴벌레들이 기어다니고 있었다.

"변호사님." 그가 어터슨 씨를 정면으로 바라보며 말했다. "조금 전 들은 게 주인님 목소리 맞나요?"

"많이 달라진 것 같네." 변호사는 안색이 꽤 창백했으나 집사의 눈길을 정면으로 받으면서 말했다.

"달라졌지요? 그래요, 제 생각도 그렇습니다." 집사가 말했다. "제가 여기서 이십년을 일했는데 주인님 목소리인지 아닌지 모르 겠습니까? 천만의 말씀입니다, 변호사님. 주인님은 살해되셨습니다. 여드레 전, 주인님이 하느님을 부르며 고통스럽게 소리치는 걸 저희들 귀로 들었는데, 그때 살해된 겁니다. 누가 주인님 대신 들어 앉아 있는지, 왜 그자가 거기 있는지. 하여간 이는 천인공노할 일입 니다, 어터슨 변호사님."

"풀, 참으로 해괴한 이야기군. 이보게, 황당한 이야기일세." 어터 슨 씨는 손가락을 깨물면서 말했다. "자네 생각대로 지킬 박사가, 그러니까, 살해됐다고 치세. 그렇다면 살인범이 왜 저기에 있겠는 가? 당치도 않네. 이치에 맞지가 않아."

"그런데 어터슨 변호사님, 변호사님은 쉽게 납득당할 분이 아니 시지만, 제 말을 한번 들어보십시오." 풀이 말했다. "지난주 내내 (변호사님이 분명히 아시는) 그 사람인지 그 작자인지, 하여튼 저 연구실 안에 있는 누군가가 어떤 약품을 가지고 오라고 밤낮으로 고함을 질러댔습니다. 그렇지만 그의 마음에 드는 약품을 구하지 는 못했습니다. 때때로 그 사람은 주인님이 지시하던 방식 그대로 그러니까 종이쪽지에 주문내용을 적어서 계단으로 던졌습니다. 지난주와 다른 것은 없었습니다. 종이쪽지만 있고 문은 닫혀 있었지요. 식사를 가져다놓으면 아무도 안 볼 때 살짝 들여갑니다. 변호사님, 매일 그래요. 매일 두어번 지시와 불만을 담은 쪽지를 주는데, 저더러 시급히 시내 화공약품 도매점을 한군데도 빠짐없이 돌아다녀 약품을 구해오라고 합니다. 제가 약품을 구해다주면 또 종이를 주는데 순정품이 아니니 반품하라는 겁니다. 다른 상점에 가보라고 또다시 지시를 합니다. 무슨 일에 쓰려는지 모르지만, 변호사님, 그 약품을 절박하게 원합니다."

"그 종이쪽지 가지고 있나?" 어터슨 씨가 물었다.

풀은 주머니를 더듬더니 구겨진 쪽지를 건넸다. 변호사는 촛불 가까이 몸을 구부려서 세심하게 살폈다. 내용은 다음과 같았다. "주문자 지킬 박사는 모오상회에 경의를 표합니다. 지난번 쌤플은 불량품으로 본인의 현재 목적에는 아무 소용이 없습니다. 1800년 주문자 J박사는 모오상회에서 상당액의 물건을 구매한 바 있습니다. 성심성의로 약품을 찾아주시길 간절히 부탁드리며, 동일한 품질의 물건이 조금이라도 남아 있으면 바로 보내주시길 바랍니다. 비용은 전혀 생각하지 마십시오. 주문자 J박사에게 이 물품은 지극히 중요합니다." 여기까지는 아주 침착하게 쓴 글씨였는데, 갑자기 필체가 어지러워지며 글쓴이의 감정이 터져나왔다. "제발." 그가 덧붙였다. "조금이라도 그때 것을 구해주시오."

"해괴한 주문서로군." 말하고 나서 어터슨 씨는 날카롭게 추궁했다. "주문서는 어떻게 열어보게 되었는가?"

"모오상회 직원이 엄청 화를 내더군요, 변호사님. 그리고 마치 쓰레기인 양 그것을 저에게 던졌습니다."

"이건 박사의 필체가 분명한데, 그렇지?" 변호사가 말했다.

"저도 그런 것 같다고 생각했습니다." 하인은 다소 시무룩하게 대답했다. 그러고는 목소리가 달라지면서 "그런데 필체가 뭐 대수인가요?" 그가 말했다. "그 사람을 봤습니다!"

"그 사람을 봤다고?" 어터슨 씨가 말을 받았다. "그래서?"

"바로 그겁니다!" 풀이 말했다. "자초지종을 말씀드리지요. 제가 정원에서 계단강의실로 불쑥 들어간 적이 있었습니다. 그 사람이 밖으로 나왔는데, 아마 이런 약품 아니면 뭔지 모르겠지만 딴것을 찾으러 나왔을 겁니다. 왜냐하면 연구실 문이 열려 있었고, 그가 강의실 저 끝쪽에서 상자더미를 뒤지고 있었기 때문입니다. 제가 들어가자 절 쳐다보고는 비명을 지르다시피 하며 계단을 뛰어올라 황급히 연구실로 들어갔습니다. 제가 그 사람을 본 건 일분밖에 안 되지만 머리털이 꼿꼿이 곤두서더군요. 변호사님, 만일 그자가 주인님이라면 왜 마스크로 얼굴을 가립니까? 주인님이라면 왜 쥐새끼처럼 비명을 지르며 저를 피해 달아납니까? 저는 주인님을 오랜 기간 모셨습니다. 그런데도……" 하인은 말을 끊고 손으로 얼굴을 가렸다.

"이 모든 게 아주 해괴하군." 어터슨이 말했다. "하지만 이제 무슨 일인지 분명히 이해되기 시작하네. 풀, 자네 주인은 큰 고통이 있고 신체를 변형시키는 그런 병[14]에 걸린 게 확실하네. 내가 아는 바로는 그래서 목소리가 변한 것이고, 그래서 마스크를 쓰고 친구를 피했던 것일세. 그래서 그토록 이 약을 원했던 거야. 저 불쌍한 친구에겐 이 약이 마지막 희망이었던 셈이지. 그렇구나. 하느님, 친구의 소원을 들어주십시오! 이제 설명이 되는군. 그런데 너무도 슬픈 일이야, 풀. 정말 생각만 해도 끔찍해. 하지만 이건 명백하고 그럴 수밖에 없는 일이야. 착착 아귀가 들어맞아. 이제 과도한 걱정 근심을 안해도 돼."

"변호사님." 말을 하는 집사의 얼굴은 창백하면서도 붉으락푸르락했다. "저잔 주인님이 아닙니다. 사실입니다. 제 주인님은 (여기서 그는 주변을 둘러보고 목소리를 낮추었다) 키가 크고 체격이 좋은 분인데, 저자는 난쟁이같이 왜소합니다." 어터슨이 면박을 주려 했다. "변호사님." 풀이 목소리를 높였다. "제가 주인님을 이십년이나 모셨는데 그걸 모른다고 생각하십니까? 평생 매일 아침 주인님을 뵈었는데, 주인님 머리가 연구실 문 어디쯤 닿는지 모를 것 같습니까? 아닙니다. 변호사님, 마스크 쓴 저 양반은 결코 지킬 박사님이 아닙니다. 누군지 알 길은 없지만 절대 지킬 박사님은 아닙니다. 박사님은 분명 살해되었다고 저는 확신합니다."

"풀." 박사가 대답했다. "자네가 그렇게 말하니 확인하는 게 내 의무일세. 자네 주인의 감정을 거스르고 싶지 않고, 그리고 이 주문

---

14 매독을 가리킨다. 매독은 3기가 되면 얼굴에 변형이 일어난다. 치료효과가 있는 최초의 약품 쌀바르산은 1909년이 되어서야 개발되었다. 그전에는 수은 증기를 치료제로 사용했으나 독성으로 인해 상태를 악화시키는 경우가 허다했다.

서로 볼 때 아직 살아 있는 것 같아 무척 당혹스럽지만, 문을 부수고 들어가는 게 내 의무라고 여겨지네."

"예, 어터슨 변호사님. 지당한 말씀입니다!" 집사가 큰 소리로 말했다.

"그럼, 두번째 질문인데." 어터슨이 다시 말했다. "이 일을 누가 하지?"

"당연히, 변호사님과 접니다." 대답이 거침없었다.

"말 잘했네." 변호사가 대답했다. "그리고 어떤 일이 벌어지든 자네에게 피해가 가지 않도록 하겠네."

"계단강의실에 도끼가 있습니다." 풀이 말을 이었다. "변호사님께선 부엌의 부지깽이를 드시죠."

변호사는 투박하고 묵직한 물건을 손에 쥐고 균형을 잡았다. "풀." 그는 상대방을 올려다보며 말했다. "자네와 내가 지금부터 위험에 처하게 될지도 모른다는 걸 알고 있지?"

"그럼요, 변호사님. 정말로요." 집사가 대답했다.

"좋아, 그러면 우리 솔직해야겠지." 상대방이 말했다. "우리 둘다 생각을 다 말하지는 않았어. 깨끗이 털어놓게. 자네가 본 마스크를 쓴 그자, 누군지 알겠던가?"

"변호사님, 그잔 몸이 아주 민첩했습니다. 그리고 몸을 완전히 구부렸기 때문에 누구인지 장담할 수 없습니다." 풀이 대답했다. "그런데 하이드 씨 아니냐는 거지요? 그러니까 예, 그게 제 생각입니다! 사실 체구가 아주 비슷했고, 민첩하고 날랜 것도 똑같았습니다. 그런데다 실습실 문으로 들어올 사람이 달리 또 누가 있겠습니까? 저번 살인사건 때까지 그 사람이 열쇠를 가지고 있었다는 사실을 잊지 않으셨겠지요, 변호사님? 그것만이 아닙니다. 어터슨 변호사님, 혹시 저 하이드 씨란 사람을 본 적이 있나요?"

"있네." 변호사가 대답했다. "한번 그와 얘기한 적 있네."

"그렇다면 변호사님도 저 신사에겐 보통사람과 다른 뭔가가 있다는 사실을 저희처럼 잘 아실 겁니다. 뭐랄까, 사람들로 하여금 고개를 돌리게 만드는 그 무엇인데요. 콕 집어 말할 수는 없지만, 변호사님, 그보다 더한 것입니다. 그러니까 등골을 오싹하게 하는 것 말입니다."

"솔직히 말해 나도 자네가 말한 그 기분을 느꼈다네." 어터슨 씨가 말했다.

"정말 그렇습니다, 변호사님." 풀이 말을 받았다. "저 마스크를 쓴 작자가 원숭이처럼 화공약품 틈에서 튀어나와 연구실 안으로 휙 사라질 때, 등골이 서늘해지더군요. 아, 저도 이런 것이 그 작자라는 증거일 수 없다는 걸 압니다, 어터슨 변호사님. 저도 그 정도는 배워서 압니다. 하지만 사람이란 느낌이 있어요. 전 그자가 하이드 씨란 걸 하느님께 맹세합니다."

"알았네, 알았어." 변호사가 말했다. "두렵지만 내 예감도 그렇네. 그런 관계로 인해 생긴 흉측한 일이 아닐까 두렵네. 그리고 그런 관계에선 반드시 흉측한 일이 생기게 마련이지. 그래, 진실로 나는 자네 말이 옳다고 믿네. 불쌍한 해리는 피살당했어. (무슨 목적으로 죽였는지 도무지 알 수 없지만) 살인범이 피살자의 방에 아직 숨어 있을 거라고 믿네. 그래, 우리가 응징을 해야지. 브래드쇼를 부르게."

하인이 부름을 받고 들어왔는데, 얼굴이 창백했고 불안해하는 기색이었다.

"정신 바짝 차려라, 브래드쇼." 변호사가 말했다. "나는 알고 있다. 너희들 모두가 이 일로 떨고 있다는 걸. 하지만 이제 우리는 이 일을 해결할 것이다. 여기 풀과 내가 연구실을 강제로 따고 들어갈 것이다. 모든 일이 잘 끝나면 비난은 내가 다 감수한다. 중간에 일이 진짜 잘못되거나, 누군지 모르는 배은망덕한 그자가 뒷문으로 도망치려 할 수도 있으니, 너는 식탁담당 하는 애를 데리고 튼튼한 막대기를 들고 모퉁이를 돌아 실습실 문을 꼭 지켜라. 십분 줄 터이니 네 위치로 가거라."

브래드쇼가 떠나자 변호사는 시계를 보았다. "자, 풀, 이제 우리가 행동할 시간이네." 그는 옆구리에 부지깽이를 끼고 앞장서 뒤뜰로 갔다. 비구름이 달을 가려 칠흑 같은 밤이었다. 걸어가는 동안 이따금씩 바람이 통로를 통해 건물 깊숙이 불어와 촛불이 앞뒤로 흔들렸다. 두 사람은 마침내 계단강의실에 도착해 몸을 숨기고 앉아서 조용히 기다렸다. 런던의 소음이 사방에서 낮고 둔중하게 울렸다. 그러나 가까운 곳에서는 적막이 감돌았고, 연구실 바닥을 따라 이리저리 움직이는 발걸음 소리만이 그 고요를 깨고 있었다.

"하루 종일 저렇게 걷습니다, 변호사님." 풀이 낮게 말했다. "저렇게요. 그리고 밤에도 거의 저렇습니다. 화공약품 회사에서 새로 운 쌤플이 올 때만 좀 조용해집니다. 저 악마는 양심이 사악한지라 쉬지도 못하는군요! 아, 변호사님, 걸음걸이마다 더러운 피가 쏟아 집니다! 그런데 다시 들어보시죠. 더 가까이 와서 집중해 들어보세요. 어터슨 변호사님, 그런데 저게 과연 박사님의 발걸음 소린가요?"

발걸음은 사뿐하고 아주 천천히 걷는 것이지만 몸을 흔들며 걷는 기이한 걸음걸이였다. 그것은 바닥을 쿵쿵거리며 걷는 헨리 지킬의 걸음걸이와는 확실히 달랐다. 어터슨은 한숨이 나왔다. "걷는 것 말고 다른 일은 하지 않았나?" 그가 물었다.

풀이 고개를 끄덕였다. "한번." 그가 말했다. "한번 우는 걸 들었습니다."

"울었다고? 그건 어찌 된 일인가?" 말하면서 변호사는 갑자기 섬뜩한 공포를 느꼈다

"마치 여자처럼, 길 잃은 영혼처럼 울었습니다." 집사가 말했다. "떠나오는데 그 통곡소리로 인해 제 마음이 너무나 무거웠습니다. 해서 저도 울 뻔했지요."

그런데 이제 십분이 지났다. 풀은 포장용 짚더미를 헤집어 도끼를 들어올렸다. 촛대는 공격하려는 두사람을 환히 비추도록 가장 가까운 탁자 위에 놓았다.

한밤의 정적 속에서 끈질기게 연구실 이리저리 뚜벅뚜벅 걷는 발걸음 소리가 들렸고, 두사람은 그 방을 향해 숨을 죽이고 접근했다.

"지킬." 어터슨이 큰 소리로 외쳤다. "자네를 반드시 봐야겠네." 그는 잠시 동작을 멈췄지만, 응답하지는 않았다. "자네에게 경고하는데, 명심하게. 우리는 의혹을 갖고 있네. 자네를 반드시, 그리고 어떤 방법으로든 만나야겠네." 계속해서 말했다. "만일 정당한 방법으로 안된다면 그땐 지저분한 방법으로, 그래도 자네가 동의하지 않는다면 그땐 험악한 완력을 써서라도 만나야겠네!"

"어터슨." 안에서 말했다. "제발, 살려주게!"

"아, 저건 지킬 목소리가 아냐, 하이드야!" 어터슨이 외쳤다. "문을 부수게, 풀!"

풀이 어깨 위로 올린 도끼로 문을 내리쳤다. 가격으로 인해 건물 전체가 흔들렸고, 붉은 베이즈 천으로 덮인 문이 자물쇠와 경첩에 부딪쳐 튀었다. 공포에 질린 짐승이 내는 듯한 절망의 외침소리가 연구실에서 울려나왔다. 도끼자루가 다시 어깨 위로 올라가고, 널빤지가 쪼개지면서 다시 문틀이 튀었다. 네번을 강타했다. 그러나 질긴 재목인데다 아주 솜씨 좋은 목수가 짜맞춘 문이었다. 다섯번을 내리치고 나서야 자물쇠가 부러지면서 부서진 문짝이 안쪽 양탄자 쪽으로 떨어졌다.

포위공격자들은 그들 자신들이 야기한 소란, 그리고 이어진 적막에 가슴이 섬뜩해져서 뒤로 조금 물러나 안을 들여다보았다. 눈앞 연구실에는 램프의 불빛이 고요하게 빛나고 있었고, 난롯불이 바지직거리며 활활 타오르고 있었다. 주전자는 가느다란 휘파람 소리를 냈고, 서랍 한둘이 열려 있었다. 업무용 탁자 위에는 서류가

가지런히 놓여 있었고, 난로 가까이에는 차 마실 준비가 되어 있었다. 당신이 현장에 있었더라면, 너무나 고요한 방이어서 화공약품으로 가득 차 있는 유리문 달린 선반만 없다면 그날밤 런던에서 가장 범상한 방이라고 말했을 것이다.

방 한가운데에 한 남자가 누워 있었는데, 고통으로 몸이 뒤틀린 채 그때까지 경련을 하고 있었다. 발끝으로 살금살금 다가가 몸을 뒤집으니 에드워드 하이드의 얼굴이었다. 그는 자신에게 너무 큰, 박사의 체구에나 맞을 옷을 입고 있었다. 얼굴의 힘줄은 살아 있는 양 아직도 꿈틀거렸지만, 생명은 완전히 끊어진 상태였다. 손에 쥔 깨진 약병, 그리고 공기 중 코를 찌르는 견과류 열매 냄새를 맡고 어터슨은 자신이 보고 있는 게 자살자의 시체라는 것을 알았다.[15]

"우리가 늦었어. 구하려 했든 벌하려 했든 말일세." 말하는 그의 표정이 엄중했다. "하이드는 제 갈 길로 갔어. 이제 자네 주인의 시신을 찾는 일만 남았군."

계단강의실과 연구실이 건물의 거의 대부분을 차지하고 있는데, 일층 거의 전부를 차지하고 있는 계단강의실은 천장 위로부터 빛이 들어왔고, 이층 한쪽 끝에 위치한 연구실은 공원을 내려다보고 있었다. 계단강의실에서 복도를 따라가면 골목으로 나가는 문이 있었다. 그리고 다른 계단을 내려가면 연구실은 별도로 골목길과 연결된다. 그외에 짙은 색깔의 장롱이 두어채, 그리고 널찍한 지하

---

15 맹독성 화공약품인 씨안화칼륨(potassium cyanide, 일명 청산가리)은 아몬드 열매 냄새가 난다.

실이 있었다. 그들은 이 모두를 샅샅이 조사했다. 장롱은 모두 비어 있었고, 문에 먼지가 일어서 오랫동안 열어본 적이 없다고 판단해 한번 쳐다보고 조사를 끝냈다. 지하실은 온갖 잡동사니로 잔뜩 채워진데다, 대부분 예전 집주인인 외과의사의 물건이었다. 문을 여는 순간 여러해 동안 입구를 봉쇄하고 있던 거미줄이 통째로 떨어졌기 때문에 더이상 수색해봤자 소용없다는 게 명백해졌다. 죽었는지 살았는지 헨리 지킬의 자취는 어디서도 찾을 수 없었다.

풀은 복도 판석 위에서 쿵쿵 뛰었다. "분명히 여기 묻혀 있을 겁니다." 말하면서 그는 소리에 귀를 기울였다.

"아니면 도망쳤을 수도 있어." 말하고는 어터슨은 몸을 돌려 골목길 쪽 문을 점검했다. 문은 잠겨 있었다. 그리고 두사람은 문 가까운 판석 위에서 열쇠를 발견했는데, 이미 녹이 슬어 있었다.

"이건 사용하지 않은 것 같은데." 변호사가 말했다.

"사용이라고요!" 풀이 변호사의 말을 받았다. "변호사님, 부러진 것 보이지 않으십니까? 꼭 누가 밟아 뭉갠 것 같군요."

"그렇군." 어터슨이 이어서 말했다. "그런데 깨진 부분에도 녹이 슬어 있군." 두사람은 겁먹은 표정으로 서로를 바라보았다. "이건 도무지 이해가 안되네, 풀." 변호사가 말했다. "다시 연구실로 가보세."

그들은 말없이 계단을 올라가 여전히 공포에 질린 눈길로 시체를 힐끔힐끔 바라보면서 연구실의 내용물을 더욱 꼼꼼하게 조사했다. 탁자 위에는 화학실험을 한 흔적이 있었는데, 각기 분량이 다른 흰 소금 덩어리를 담은 유리받침이 여러개 놓여 있는 것으로 보아, 이 불운한 자는 실험을 하던 중 방해받은 것 같았다.

"이건 제가 그 사람에게 늘 가져다주곤 했던 바로 그 약품입니다." 풀이 말했다. 말하는 바로 그 순간 주전자가 굉음을 내며 끓어넘쳤다.

이 때문에 두사람은 난롯가로 시선을 돌렸다. 안락의자가 난로 가까이에 편안하게 놓여져 있었으며, 앉는 사람의 팔꿈치쯤에 다기가 준비되어 있었고, 잔에는 설탕까지 들어 있었다. 선반 위에 책이 몇권 있었고, 다기 옆에 책이 한권 펼쳐져 있었다. 어터슨은 그 책이 지킬이 여러차례 아주 높이 평가한 신학책임을 알았는데, 지킬의 필체로 불경스러운 주석이 쓰여 있어 깜짝 놀랐다.

다음 단계로 두사람은 방을 수색하던 중 전신거울 앞에 섰고, 그 깊은 속을 들여다보며 부지불식간에 몸을 떨었다. 그러나 전신거울은 돌려져 있었으므로, 거기서 볼 수 있었던 것은 천장에서 넘실대는 난로의 장밋빛 불빛, 선반의 정면 유리문을 따라 수백개로 반사되는 난로 불빛, 그리고 거울 속을 들여다보고 있는 자신들의 창백하고 겁에 질린 얼굴뿐이었다.

"이 거울은 이상한 일을 많이 보았겠지요, 변호사님." 풀이 낮은 목소리로 말했다.

"그런데 정말 이상한 건 무엇보다 바로 이 거울이야." 변호사가 낮은 어조로 응수했다. "지킬이 뭘 하려고……" 그러다 그는 지킬이란 말에 소스라치게 놀라 말을 멈추었다가, 다시 용기를 내서

"지킬이 이걸 가지고 뭘 하려고 했을까?"라고 말했다.

"그러게요!" 풀이 말했다.

다음에는 업무용 탁자 쪽으로 몸을 돌렸다. 책상 위에는 가지런히 정리해놓은 서류들 맨 위에 큰 봉투가 놓여 있었고, 박사의 필체로 어터슨이라는 이름이 적혀 있었다. 변호사가 봉투를 뜯자 봉인되어 있던 서류 몇가지가 바닥으로 떨어졌다. 첫번째 서류는 그가 6개월 전 돌려준 유언장처럼 괴이한 조항이 똑같이 적혀 있는 유언장인데, 본인 사망 시에는 유언장으로, 그리고 실종 시에는 재산 양도증서의 역할을 하도록 되어 있었다. 그런데 변호사는 에드워드 하이드라 이름 대신에 게이브리얼 존 어터슨이란 이름이 적힌 걸 보고 경악한 나머지 말문이 막혔다. 그는 풀을 쳐다본 후 다시 서류로 눈을 옮겼고, 마지막으로 죽어서 양탄자 위에 뻗어 있는 악한을 바라보았다.

"이제야 감이 오는군." 그가 말했다. "최근까지 이 유언장의 주인이었으니 저자가 날 좋아했을 리 없지. 자기 이름이 지워진 걸 보고 분명 격분했을 거야. 그런데도 이 서류를 파기하지는 않았군."

그는 다음 서류를 집어들었다. 그것은 박사의 필체로 쓴 짤막한 쪽지인데 맨 위칸에 날짜가 적혀 있었다. "아, 풀!" 변호사가 소리쳤다. "박사가 살아 있었어. 그것도 오늘 여기에 있었어. 그렇게 짧은 시간에 지킬을 처리할 순 없었을 거야. 그러니 반드시 아직 살아 있을 거야. 달아난 게 분명해. 그런데 왜 달아나지? 그리고 어떻게 나갔지? 그리고 만일 그런 경우라면 이걸 자살이라 단정할 수 있을까? 아, 우린 아주 신중히 행동해야만 하네. 어쩌면 우리가 자네 주인을 끔찍한 재앙 속으로 몰아넣고 있는 게 아닌가 하는 예감이 드네."

"변호사님, 왜 그 쪽지를 안 읽으십니까?" 풀이 말했다.

"두렵기 때문이지." 대답하는 변호사의 표정이 엄중했다. "제발 이 일이 나 때문에 일어난 게 아니기를!" 이렇게 말하고 나서 그는 눈 가까이 서류를 가져와 내용을 읽었다.

내 친구 어터슨, 이 편지가 자네 수중에 들어갈 때가 되면 나는 나 자신도 예상치 못한 상황으로 인해 사라지고 없을 거네만, 본능적으로 그리고 도저히 말로 표현할 수 없는 나의 상황으로 볼 때 종말은 확실하고 그것도 빨리 와야만 하네. 그러니 돌아가서 래니언이 자네에게 맡기겠다고 나에게 경고한 서한이 있을 테니 그것을 먼저 읽어 주게. 그런 후 자네가 더 듣고 싶은 마음이 있으면, 나의 고백을 읽어 주게나.

자네의 부족하고 불행한 친구,
헨리 지킬.

"세번째 봉투가 있을 텐데?" 어터슨이 물었다.

"예, 여기 있습니다." 풀이 말하곤 여러곳을 봉인한 묵직한 서류를 그에게 넘겼다.

변호사는 그것을 받아 주머니에 넣었다. "이 서류에 대해 언급하고 싶지 않네. 자네 주인이 도망갔든 아니면 죽었든, 우리는 그의 명예만은 지킬 수 있을 거야. 지금 열시군. 난 집에 가서 조용히 이 서류들을 읽어야 하네. 하지만 자정 전에 돌아올 터이니, 그때 경찰을 부르세."

두 사람은 계단강의실 문을 잠그고 밖으로 나왔다. 어터슨은 거실 난로 주변에 모여 있는 하인들을 뒤로하고 무거운 걸음으로 사무실로 돌아와 이 수수께끼 같은 사건은 풀어줄 두 통의 편지를 읽었다.

래니언 박사의 진술

1월 9일, 지금으로부터 나흘 전, 야간배달 편으로 등기우편 한 통을 받았는데, 주소의 글씨는 동료이자 동창생인 헨리 지킬의 필체였다. 나는 이것을 받고 상당히 놀랐다. 우리는 도대체 편지를 주고받는 법이 없었기 때문이다. 그 친구를 만나 함께 만찬을 한 게 바로 그 전날밤이었다. 그리고 우리 사이에 등기우편이라는 딱딱한 형식을 갖춘 이유를 알 수 없었다. 편지를 읽으니 궁금증이 더 커졌다.

다음은 편지의 내용이다.

18○○년 12월 10일[16]

친구 래니언, 자넨 나의 가장 오랜 친구일세. 그리고 우리가 비록 과학적 의제에 대해서는 가끔 의견이 달랐어도 우리의 우정에 금이 간 적은, 적어도 내 기억으로는, 없다고 생각하네. 만일 자네가 나에게 "지킬, 내 생명, 내 명예, 내 정신이 자네에게 달려 있네."라고 말했다면, 난 지금까지 자네를 돕기 위해 내 재산이나 왼손 하나를 언제라도 주었을 걸세. 래니언, 내 생명, 내 명예, 내 정신이 모두 자네에게 달려 있네. 오늘밤 자네가 날 저버린다면 난 끝장이네. 이렇게 서두를 꺼냈으니 혹시 내가 자네에게 뭔가 명예스럽지 못한 일을 요구하리라 생각할지 모르겠네. 판단은 자네 몫이네.

오늘밤 다른 모든 약속을 연기해주게. 그래, 설혹 황제가 자넬 내실로 은밀히 부른다 할지라도 말일세. 만일 자네 마차가 문 앞에 대기하고 있지 않다면, 영업용 마차를 부르게. 하인들과 논의할 때 필요하니 이 편지를 지니고 내 집으로 곧장 가게나. 집사 풀에게 지시를 내려놨으니, 그가 열쇠공을 대동하고 자네가 오길 기다리고 있을 걸세. 그런 다음 내 연구실 문을 강제로 열게. 그러고는 자네 혼자 들어가서 왼쪽 편에 유리문을 단 선반(기호 E)을 여는데, 만일 잠겨 있으면 자물쇠를 부숴버리게. 그런 다음 위에서 네번째 서랍, (같은 말이지만) 아래로부터 세번째 서랍을 **내용물 모두 그대로 둔 채 통째로** 꺼내게. 내 마음은

---

16 바로 앞의 문단을 보더라도 1월 9일이 되어야 할 것이다. 원래 이 소설은 1885년 크리스마스 특수를 겨냥하여 출판하려 했으나 연기되어 이듬해 1월에 출시되었다. 이 과정에서 원고를 급하게 수정하면서 생긴 오류처럼 보인다.

너무나 괴롭고, 자네에게 잘못 말하는 건 아닌지 두려워 병이 날 지경이라네. 그러나 설혹 내가 실수했다 하더라도 자네가 내용물, 즉 약간의 분말, 약병 하나, 그리고 수첩 한권을 보면 내가 말한 서랍임을 알 수 있을 걸세. 이 서랍을 손대지 말고 있는 그대로 가지고 캐번디시 스퀘어 가로 돌아가주길 간절히 바라네.

이것이 자네가 날 위해 해줄 첫번째 일이고, 지금부터 두번째 일에 대해 말하겠네. 자네가 그걸 받은 즉시 출발하여 집에 돌아오면 자정까지 시간이 많이 남을 거야. 자네에게 이만큼 시간적 여유를 주는 이유는 피할 수 없거나 예기치 못한 일이 생길까 걱정되기도 하고, 게다가 그다음 수순을 생각하면 하인들이 자고 있을 시간을 택해야 하기 때문이라네. 부탁하건대 그런 다음 자네는 밤 열두시에 진찰실에 혼자 있다가 내 이름을 대는 사람을 직접 안으로 들여서 내 연구실에서 가져간 상자를 넘겨주도록 하게. 여기까지 해주면 자네의 역할은 끝나고 내 평생의 은인이 될 걸세. 그리고 만일 자네가 설명을 꼭 들어야 한다면, 5분을 기다리게. 그러면, 이런 준비가 절대적으로 필요했다는 것, 그리고 이들 중 어느 하나라도 간과한다면, 내 말이 필시 헛소리처럼 들리겠지만, 자네가 나의 죽음 또는 내 이성의 파괴로 말미암아 양심의 가책을 느낄 수 있다는 내 말을 이해하게 될 걸세.

자네가 내 청을 가볍게 여기지 않을 거라 굳게 믿지만, 혹시 그럴까봐 생각만 해도 가슴이 철렁 내려앉고 손이 떨리네. 지금 이 시각 낯선 곳에서 절대로 과장이 아니라, 정말로 암담한 비탄 속에서 고통을 겪고 있는, 그렇지만 만일 자네가 때맞춰 도와주기만 하면 이 고통이 마치 한갓 옛날이야기처럼 사라지리라는 걸 잘 아는 나를 상상해보게. 친구 래니언, 날 도와주게. 날 구해주게.

자네의 친구,

H.J.

추신: 편지를 봉하자마자 다시 공포가 내 영혼을 엄습하네. 우체국이 잘못해 내일 아침까지 편지가 자네 손에 전달되지 않을 수도 있겠지. 그럴 경우, 친애하는 래니언, 낮 동안 가장 편한 시간에 내 부탁대로 해주게나. 그리고 한번만 더 자정에 내가 보낸 사람을 기다려주게. 그땐 이미 너무 늦을지도 몰라. 그리고 만일 그날밤 아무 일 없이 지나가면, 자넨 헨리 지킬을 다시 볼 수 없다는 걸 알게 될 걸세.

나는 편지를 읽자마자 이 친구가 제정신이 아닐 거라고 확신했다. 그러나 그것을 의심의 여지 없이 입증할 때까지는 요청한 대로 해줘야 한다고 생각했다. 워낙 황당한 이야기라 앞뒤가 통하지 않는 만큼 나로서는 그것이 중요한 일인지 아닌지 판단할 위치에 있지 않았다. 그런데다 이렇게 간절한 부탁을 거절하면 막중한 책임을 지게 될 수도 있을 것이란 생각이 들자 나는 탁자에서 일어나 이륜마차를 잡아타고 곧장 지킬의 저택으로 갔다. 집사는 내가 오길 기다리고 있었는데, 나와 마찬가지로 지시가 적힌 등기우편을 야간배달 편으로 받았고 바로 열쇠공과 목수를 부르러 사람을 보내놓은 상태였다. 우리가 이야기하는 동안 두 기술자가 도착해 예전 덴맨 박사의 외과용 계단강의실로 함께 움직였는데, (물론 자네도 잘 알겠지만) 지킬의 개인 연구실로 들어가려면 그곳이 가장 편리했기 때문이다. 문은 아주 견고했고 잠금장치도 우수했다. 목수는 억지로 열려고 하면 아주 힘들 뿐만 아니라 문이 크게 손상될 거라고 단언했고 열쇠공은 거의 자포자기 상태까지 이르렀다. 그러나 열쇠공은 솜씨가 뛰어난 기술자여서 두시간의 작업 끝에 문을 열었다. E자가 쓰인 선반은 잠겨 있지 않았다. 나는 서랍을 꺼내 거기에 짚을 채우고 침대시트로 감싼 다음 캐번디시 스퀘어 가로 그것을 가져왔다.

돌아와서 내용물을 꼼꼼히 살펴보았다. 분말은 깔끔하게 제조되었으나 약제사가 세심하게 조제한 물건이 아닌 걸 보면 지킬이 만든 사제품임이 분명했다. 봉지 하나를 풀자 백색의 단순한 소금결정 같은 것이 보였다. 다음으로 관심이 간 약병에는 핏빛의 액체가 반쯤 들어 있었는데, 냄새가 코를 찔러 인과 휘발성 에테르가 담겨 있는 것으로 보였다. 다른 성분이 무엇인지는 짐작할 수 없었다. 수첩은 평범한 메모용으로 일련의 날짜만 적혀 있었다. 날짜는 여러 해에 걸쳐 있었는데 그 기록이 거의 1년 전에, 그것도 아주 급작스럽게 끝나 있었다. 여기저기 날짜 아래 간단한 메모가 있었으며, 대개 한 단어로 표기되어 있었다. 모두 7백회의 기록 가운데 '2배'라는 말이 아마 여섯번쯤 나왔으며, 목록의 거의 맨 앞부분에 '완전 실패!!!'라고 감탄사를 여러번 붙인 기록이 한번 있었다. 이 모두가 내 호기심을 자극했지만 명확하게 말해주는 바는 거의 없었다. 여기 있는 것이라고는 팅크제를 담은 약병, 소금을 담은 종이, 그리고 실제로 쓸모있는 결과물을 얻지 못한 실험(지킬의 연구 대다수가 이렇게 끝났다)의 기록이었다. 내 방에 있는 이 물건들이 어떻게 내 유별난 동료의 명예, 정신, 삶에 영향을 줄 수 있단 말인가? 그가 보낸 사람이 여기로 올 수 있다면, 왜 자신은 거기로 갈 수 없는 것일까? 그러지 못할 사정이 설혹 있다 한들 이 사람을 왜 내가 남몰래 집으로 들여야 하는가? 생각하면 할수록 내가 뇌질환 환자를 상대하고 있다는 확신이 커졌다. 하인들더러 자라고 했지만, 나 자신을 방어해야 할 상황에 대비해 낡은 연발권총에 총알을 장전해 놓았다.

자정의 종소리가 런던 전역으로 퍼져나가자마자 누군가가 문밖 초인종 줄을 부드럽게 잡아당겼다. 호출 소리를 듣고 내가 직접 나갔는데, 몸집이 작은 사람이 몸을 구부린 채 현관 기둥에 기대어 있었다.

"지킬 박사가 보낸 분입니까?" 내가 물었다.

그는 부자연스러운 자세로 "예"라고 대답했다. 내가 안으로 들어오라고 했을 때, 그는 들어오는 대신 무엇을 찾는지 고개를 돌려 어두운 광장을 살폈다. 멀지 않은 곳에서 경관 한사람이 랜턴을 켠 채 다가오고 있었다. 내 생각엔 방문자가 이걸 보고 깜짝 놀라 황급히 들어온 것 같았다.

솔직히 말해서 나는 이런 유별난 일들로 말미암아 기분이 좋지 않았다. 그를 따라 진찰실의 밝은 불빛 속으로 들어가는 동안 내내 무기를 손에 쥐고 만일의 사태에 대비했다. 여기서 마침내 나는 그를 똑똑히 바라볼 기회를 가졌다. 전에 본 적이 없는 사람이라는 것만은 확실했다. 이미 말했듯 체구는 작았다. 그것 말고도 충격적인 얼굴 표정, 특이하게 아주 약골 체질로 보이는데도 근육의 움직임이 큰 점, 그리고 마지막으로, 그렇다고 덜 중요한 것은 아니지만, 그와 같이 있으면 주변 사람이 기묘한 심리적 장애를 겪는다는 점이 내 주의를 끌었다. 이 장애는 급발성 오한의 초기 증세와 비슷하며 맥박의 현저한 하락을 동반하였다. 당시에 나는 이것이 특이한 개인적 혐오감에서 기인한다고 보았고, 그래서 단순히 증상의 격렬함에 대해서만 의아하게 생각했다. 그러나 나중에는 그 원인이 인간 본성의 심연에 자리잡고 있으며, 그래서 혐오감의 원리보다 더욱 고차원적인 어떤 토대에서 작동한다고 믿게 되었다.

(그가 집에 들어온 순간부터 줄곧 나는 이 사람을 증오하게 되는 이유가 뭘까라는 호기심이 일었는데) 이 사람의 옷차림은 너무도 어울리지 않아 일반인이 봤다면 웃음을 참을 수 없었을 것이다. 말하자면 옷감은 아주 은은한 색깔의 천을 사용하였지만 아무리 봐도 황당할 정도로 큰 치수여서, 치렁치렁한 바지는 땅에 끌리지 않기 위해 밑단을 말아올렸고, 상의 허리 부분이 엉덩이 아래까지 내려왔으며, 칼라는 어깨 위에 넓게 벌려져 있었다. 이상한 것은 차림이 이렇게 우스꽝스러운데도 내가 웃을 수 없었다는 사실이다. 오히려 내가 마주하고 있는 이 인간의 본질에는 뭔가 비정상적이고 잘못해 태어난 어떤 것이 있기 때문에, 그러니까 사람들을 꼼짝

못하게 하거나 놀라게 하거나 불쾌하게 만드는 그 무엇이 있기 때문에, 이런 보기 드문 부조화가 오히려 그것과 어울리고 또 그것을 부각시킨다 싶었다. 그렇기 때문에 이 사람의 본성과 성격에 대한 흥미는 물론이고, 그의 출생, 생활, 재산, 사회적 지위에 대해서도 호기심이 일었다.

그런데 이렇게 길고 장황하게 서술했지만 이런 관찰은 불과 수초 동안에 이루어진 것이었다. 방문자는 겉으로 우울했으나 사실 아주 흥분된 상태였다.

"그것 가지고 오셨는지요?" 그가 큰 소리로 말했다. "그것 가지고 오셨는지요?" 그는 마구 조급하게 굴었고, 심지어 나의 팔을 잡고 흔들려고 했다.

나는 그가 내 팔을 건드릴 때 피가 얼어붙는 듯 차가운 통증을 느껴 그를 밀쳐냈다. "진정하시오." 내가 말했다. "우린 아직 서로 통성명도 하지 않았다는 사실을 잊고 있군요. 자리에 앉으시오." 그리고 내가 먼저 시범을 보여 늘 앉던 의자에 앉았다. 평상시 환자들에게 하는 방식 그대로 하려고 노력했으나 야심한데다 나의 선입견과 방문객에 대한 공포로 인해 마음먹은 대로 하기가 쉽지 않았다.

"죄송합니다, 래니언 박사님." 그가 매우 정중하게 말을 받았다. "선생님의 말씀이 아주 지당하십니다. 제 급한 성미로 인해 예의에 어긋난 행동을 했습니다. 저는 선생님의 동료인 헨리 지킬 박사의 요청으로 막중한 용무를 띠고 여기에 왔습니다. 제가 알기로는……" 그가 말을 멈추고 손을 목으로 가져가 만졌는데, 그의 침착한 태도에도 불구하고 히스테리 증상이 나타나고 있다는 것, 그리고 그가 이 증상에 맞서 힘들게 싸우고 있다는 것을 알 수 있었다. "제가 알기로는 서랍……"

그런데 나는 방문객이 말을 끝내지 못하는 걸 보자 동정심이 일었다. 아마 부분적으로는 나 자신의 호기심이 커진 때문일 것이다.

"저깁니다, 선생." 말하면서 나는 서랍을 가리켰고, 서랍은 여전히 침대시트에 감싸인 채 탁자 뒤 바닥에 놓여 있었다.

그는 벌떡 일어나 그쪽으로 갔다. 그러다 움직임을 멈추고 그의 손을 심장에 갖다대었다. 나는 턱의 경련과 함께 그의 치아가 부딪치는 소리를 들을 수 있었다. 얼굴이 시체처럼 창백해서 나는 그의 생명과 정신 모두가 위태로운 게 아닌가 싶어 적이 놀랐다.

"진정하시오." 내가 말했다.

그는 고개를 돌려 나에게 섬뜩한 미소를 보이고, 나락으로 떨어질 각오라도 한 듯 시트를 찢었다. 내용물을 보자 그는 흐느끼듯 크게 안도의 한숨을 내뱉었고, 나는 앉은 채로 몸이 굳어졌다. 다음 순간 그는 꽤 진정된 목소리로 "계량컵 있나요?"라고 물었다.

나는 힘들게 자리에서 일어나 그가 요구한 것을 주었다.

그는 미소와 함께 머리를 끄덕여 감사를 표시하고, 붉은색 팅크제를 몇방울 재어서 나눈 다음 분말 한통을 거기에 넣었다. 그 혼합물은 처음에는 붉은색을 띠다가 결정이 녹으면서 점차 밝은색이 되었고, 거품 이는 소리가 나면서 조금씩 수증기를 분출하기 시작했다. 그 순간 갑자기 거품의 비등이 끝나고 그 합성물은 짙은 자주색으로 변하더니 앞서보다 빛깔이 천천히 엷어지며 연녹색으로 바뀌었다. 이 변화과정을 유심히 관찰하던 방문객은 미소를 지으며 유리잔을 탁자 위에 놓고 나를 향해 돌아섰다. 그리고 나의 의중을 알고 싶은 듯 나를 쳐다보았다.

"이제 나머지에 대해서도 매듭을 지읍시다." 그가 말했다. "지혜를 원하십니까? 자기 자신을 지키기를 원하십니까? 제가 이 잔을 손에 들고 다른 논의 없이 당신 집에서 나가도록 하겠습니까? 아니면 탐욕스러운 호기심이 이끄는 대로 당신을 맡기겠습니까? 결정하신 대로 해드릴 터이니 생각한 다음 말씀하십시오. 신생 결정에 따라 선생은 예전 그대로, 그러니까 더 부유하지도 지혜롭지도 않은 상태로 계속 살겠지요. 죽음의 고통에 처한 한 인간을 도와준 일이 영혼을 부자로 만들 거라고 생각하지 않는다면 말입니다. 반대로 선생이 원하기만 하면 여기 바로 이 방에서 지금 이 순간 지식의 새로운 영역, 그리고 명성과 권력을 얻을 수 있는 새로운 길이 눈앞에 펼쳐질 겁니다. 불신자 사탄까지 놀라게 할 경이로운 일에 눈앞이 아찔해질 겁니다."

"선생." 나는 전혀 그렇지 않음에도 짐짓 냉정한 척하며 말했다. "무슨 말인지 도무지 알 수가 없소. 그러니 내가 당신 말을 크게 신뢰하지 않더라도 별로 이상하지는 않을 거요. 그런데 당신을 위해 이해 안되는 일을 너무나 많이 했기 때문에 결말을 보지 않고 여기서 끝내지는 않겠소."

"좋아." 나의 방문객이 말했다. "래니언, 자네의 맹세를 기억하는 게 좋을 거야. 이제부터 일어나는 일에 대해 우리는 의사니까 업무상 비밀을 지켜야 하네. 그래, 자넨 아주 오랫동안 매우 편협한 유물론적 관점에 집착해 초자연적 의학의 힘을 부정하였고, 자네보다 뛰어난 자들을 조롱했었지. 보게나!"

그는 컵을 입으로 가져가서 단번에 들이마셨다. 그는 비명을 지르면서 비틀거렸고, 휘청댔으며, 탁자를 움켜쥐며 매달렸다. 그리고 충혈된 눈으로 쏘아보면서 입을 벌린 채 가쁜 숨을 몰아쉬었다. 이를 바라보면서 나는 그에게 변화가 일어나고 있다고, 그러니까 몸이 부풀어오른다고 생각했는데, 그의 얼굴이 갑자기 시커멓게 되고, 이목구비가 녹으면서 형체가 변하는 것처럼 보였다. 그다음 순간 나는 너무나 놀라 펄쩍 뛰면서 뒤로 물러나서 벽에 기댔고, 이 경악할 사건으로부터 나 자신을 보호하기 위해 팔을 들어올렸으나 정신은 공포의 나락 속으로 추락했다.

"맙소사!" 나는 연속해 비명을 질렀다. "맙소사!" 내 눈앞에 서 있는 자는 바로, 죽었다 다시 살아난 사람처럼 창백하고 수척하고 반쯤 넋이 나갔으며 양손으로 앞을 더듬고 있는, 헨리 지킬이었다!

그다음 시간에 그가 나에게 한 말을 종이 위에 적을 마음이 도무지 내키지 않는다. 나는 내가 본 바로 그것을 보았고, 내가 들은 바로 그것을 들었는데, 그것 때문에 내 영혼이 시름시름 앓기 시작했다. 그런데 그 광경이 내 눈앞에서 사라진 지금, 나 스스로에게 그걸 믿느냐고 물어보아도 나는 대답할 수가 없다. 내 삶은 뿌리째

흔들리고, 잠도 오지 않는다. 낮이고 밤이고 무시무시한 공포가 내 곁에 앉아 있다. 죽을 날이 머지않다고, 죽어야만 한다고 느낀다. 그런데 죽는 순간에조차도 그걸 믿을 수는 없을 것이다. 그자는 나에게 도덕적 패륜행각을 참회의 눈물까지 흘리면서 털어놓았는데, 그 기억이 떠오르기만 해도 나는 두려워 소스라치게 놀란다. 한 가지만 말하겠는데, 어터슨, (만일 자네가 믿을 수만 있다면) 이것으로 충분할 것이다. 그날밤 내 집으로 기어들어온 그 인간은 지킬 자신의 고백에 의하면 하이드란 이름으로 알려진 자이며 커류 살해범으로 전국 방방곡곡에 수배된 자였다.

헤이스디 래니언.

사건 전모에 관한 헨리 지킬의 진술

18○○년 나는 부유한 집안에서 태어났는데, 재산과 함께 우수한 자질을 물려받았다. 천성적으로 근면한데다 현명하고 선량한 동료들을 존경하며 따르기를 좋아했으니, 이미 눈치를 챘겠지만 어느 면으로 보나 명예롭고 출중한 미래를 보장받은 셈이었다. 그런데 나의 가장 큰 결점은, 뭐랄까, 쾌락에 탐닉하는 기질로서, 이 기질 덕분에 행복하게 지낸 사람들도 많겠지만 나로서는 보통사람보다 진지한 표정을 지으며 대중 앞에서 머리를 치켜들고 다니고 싶은 내 오만한 욕망과 병립시키기 어려웠다. 이로 인해 쾌락에 탐닉한다는 사실을 은폐하게 되었고, 나 자신을 반추할 나이가 되어 주변을 둘러보고 세상에서의 나의 활약과 지위를 따지기 시작했을

때는 이미 심각할 정도로 표리부동한 인간이 되어 있었다. 내가 죄악이라고 생각하는 빗나간 행위를 자랑삼아 말하는 사람들도 많았다. 그러나 나는 자신이 설정한 고매한 이상으로 말미암아 그런 행위를 거의 병적 수치심으로 바라봤고 숨겨왔다. 인간의 본성이란 하나로 합쳐져 있지만 원래는 선과 악 두 영역으로 분리되어 있는 것이며, 그때의 내 경우는 두 영역을 나누는 내면의 고랑이 보통사람보다 더 깊었는데, 그것은 내 결점들 중의 어떤 특정한 타락 때문이었다기보다 오히려 내가 품었던 열망의 까다로운 요구 때문이었다. 이런 상태였기 때문에 나는 삶의 냉엄한 법률을 깊이 그리고 습관적으로 성찰하지 않을 수 없는데, 이 법률은 종교의 근원이면서 가장 흔한 고통의 원인이기도 하다. 나는 매우 심각한 이중행위자였지만 결코 위선자는 아니었다. 왜냐하면 내면의 두 측면 모두 몹시 진지했기 때문이다. 그러므로 자제력을 팽개치고 수치스러운 일에 탐닉할 때의 내가 온전한 나 자신이 아닌 것은 대낮에 지식의 확장이나 비탄과 고통의 구제에 땀 흘리는 내가 온전한 나 자신이 아닌 것과 마찬가지이다. 그런데 때마침 나의 학문적 탐구는 전적으로 신비하고 초월적인 영역으로 나아가고 있었고, 또한 이 연구가 두 분신 사이의 영원한 갈등이라는 문제에 대해서 해결 가능성을 크게 보여주었다. 이리하여 나는 매일매일 지성의 두 측면, 즉 도덕적 측면과 지적 측면에서 점차 진리에 가까이 나아갔는데, 그러나 그 진리의 일부분을 발견한 결과 나는 무참한 파멸에 직면하고 말았다. 그 진리는 인간은 진실로 하나가 아니라 진실로 둘이라는 사실이다. 둘이라고 했는데, 그 까닭은 지금 나의 지식 수준으로는 그 이상 넘어갈 수 없기 때문이다. 같은 주제를 가지고 나를 따라오는 사람들이 있을 것이고, 나를 추월하게 될 것이다. 그래서 인간이란 다면적이고 모순적이며 독립적인 개체들의 집합체에 불과하다는 사실이 언젠가는 알려질 것이라고 나는 감히 추측한다. 나는 내 삶의 본성에 따라 흔들림 없이 한 방향으로, 오로지 한 방향으로 나아갔다. 나는 도덕적 측면과 나 자신의 인성 안에서 철저하면서도 시원적인 인간의 이중성을 인식하게 되었다. 즉 내 의식의 영역에서 두 본성이 투쟁하고 있으며, 만일 내가 그 둘 중 어느 하나라고 해도 틀리지 않는다면, 그것은 내가 근본적으로 그 둘 모두이기 때문이란 사실을 알게 된 것이다. 그래서 일찍부터, 심지어 나의 과학적 발견들이 엄청난 기적의 가능성을 실제로 보여주기 전부터, 나는 선악을 분리시킨다는 생각을 달콤한 백일몽 속에서 상상하길 즐겼다. 만일 각각을 분리해서 별개의 육신 속에 집어넣을 수 있다면 인생은 견딜 수 없는 저 모든 고통에서 해방될 것이라고 나 스스로에게 말했다. 만일 그게 가능하다면, 부정직한 본성은 자신의 쌍둥이 형제인 강직한 본성의 열망과 가책에서 벗어나 원하는 대로 할 수 있을 것이다. 또한 올바른 본성은 선량한 일을 하면서 즐거움을 찾고, 더이상 이 사악한 외적 존재의 손아귀에 잡혀 치욕과 참회를 해야 할 필요 없이, 자신의 상승궤도를 따라 착실하고 안전하게 걸어갈 수 있으리라. 화해 불가능한 둘이 하나의 다발로 묶인 것, 즉 고통스러운 의식의 자궁 속에서 양극단에 위치한 쌍둥이가 끊임없이 투쟁하는 것이야말로 인류에게 가해진 저주였다. 그렇다면 어떻게 이 둘을 분리할 것인가?

내가 여기까지 생각했을 때, 앞서 말한 바처럼 실험실에서의 연구가 우연히 이 주제에 빛을 희미하게 비춰주기 시작했다. 나는 우리가 옷처럼 걸치고 다니는 육신이 아주 견고해 보이지만 실은 떨리는 비물질성, 안개 같은 일시성을 가진다고 주장해왔고, 이제 그 어느 때보다 이 사실을 깊이 인식하기 시작했다. 마침내 내가 찾아낸 어떤 약품은, 바람이 가건물의 장막을 날려버리듯 육신의 옷을 쥐어뜯고 흔들어서 벗겨버릴 힘을 가지고 있었다. 지금 고백하는 이 과학 분야에 대해서는 커다란 두가지 이유로 인해 자세히 말하지 않겠다. 첫째, 우리 모두가 삶의 무거운 짐과 운명을 영원히 어깨에 지고 있으며, 벗어던지려고 하면 그것은 더욱 기괴하고 섬뜩한 무게로 우리에게 되돌아올 따름이라는 사실을 나는 알게 되었기 때문이다. 둘째, 내 진술이 아주 명백하게 보여주겠지만, 애석하게도! 나의 발견이 불완전하기 때문이다. 나는 내 육신이 내 정신을 형성하는 특정한 힘들의 단순한 기운과 발현에 불과하다는 점을 인식했을 뿐만 아니라, 나아가 이 힘들을 최고의 권좌에서 폐위시키고 자신의 두번째 형태와 생김새—이는 내 영혼의 저급한 요소를 지니고 표출되는 것이므로 고급한 요소와 마찬가지로 원래의 나 자신이다—로 대체할 수 있는 약품을 간신히 합성했던 것이다.

나는 이 이론의 실제 검증을 한참 망설였다. 죽음을 무릅써야 한다는 사실을 잘 알고 있었다. 왜냐하면 인간 정체성의 근원을 손아귀에 쥐고 뒤흔드는 약품이라면 약간의 과다복용, 또는 투약 순간의 실수 같은 사소한 오류라도 약을 통해 변화시키려고 했던 비물질적 육신을 완전히 지워버릴 수 있기 때문이다. 그러나 이 기이하고 심오한 발견에 대한 유혹이 마침내 불안에 대한 경고를 압도했다. 그후 오랜 기간에 걸쳐 팅크제를 준비했다. 한 도매 화공약품 상회로부터 특정한 소금을 한번에 대량으로 구매했는데, 이것이 꼭 필요한 마지막 성분임을 실험을 통해 알았다. 그리하여 어느 저주받은 날 야심한 시각에 나는 재료들을 섞고 그것들이 유리관 속에서 끓으면서 연기를 분출하는 것을 지켜보았으며, 거품 비등이 잦아들 때 온갖 용기를 다 짜내 조제약을 들이켰다.

온몸을 쥐어뜯는 고통이 찾아왔다. 뼈가 갈려지고, 구토로 속이 뒤집히고, 생사의 순간보다 더 큰 정신적 공포를 겪었다. 그러다가 고통이 빠르게 가라앉기 시작했고, 마치 중병에서 회복된 것처럼 정신이 들었다. 뭔가 신기한 느낌, 말할 수 없이 새롭고, 바로 그 새로움에서 믿기 어려울 만큼 달콤한 감각을 느꼈다. 내 몸이 예전보다 젊어지고, 가벼워지고, 편안하게 느껴졌다. 무모한 충동, 물레방아를 돌리는 물처럼 맘껏 달리는 무질서한 감각적 이미지의 흐름, 도덕적 속박으로부터의 해방감, 알지 못할 그렇지만 순진하지 않은 영혼의 자유가 내 내면에 있음을 의식했다. 새 생명을 얻고 첫 숨을 쉴 때 나는 자신이 더 사악해졌으며 열배 이상 사악해졌다는 것, 나 자신 속에 있는 본래의 악마에게 노예로 팔렸다는 것을 알았다. 그리고 그 순간 이런 생각이 포도주처럼 나를 사로잡았고, 나를 기쁘게 했다. 나는 이 신선한 감각에 환호하면서 양손을 쭉 펼쳤다. 그때 내 키가 줄어들었다는 것을 문득 깨달았다.

그 당시 내 방에는 거울이 없었다. 글을 쓰는 지금 내 곁에 있는 거울은 변신상태를 확인하려고 나중에 가져다놓은 것이다. 그러나 밤이 거의 끝나갈 때였고—아직 캄캄하고 동트기 직전이다—집 안 하인들은 단잠에 푹 빠져 있을 때였다. 그런데 나는 희망과 승리에 도취된 상태여서 변한 모습 그대로 내 침실까지 과감히 가보기로 결심했다. 뒤뜰을 가로질러갈 때 하늘에는 별이 총총했는데, 뭇별들은 자지 않고 불침번을 서다가 마침내 그들 아래 나타난 최초의 인간 유형을 분명 경이감을 가지고 바라봤을 거라고 난 생각했다. 내 집인데도 이방인이 되어 복도를 살그머니 지나갔다. 그리고 나는 방으로 들어가서 에드워드 하이드의 외형을 처음으로 보았다.

여기서 나는 이론에 의거해서 말할 수밖에 없는데, 내가 알고 있는 것이 아니라 개연성이 가장 높은 것을 말할 것이다. 내가 막 육신의 틀을 입힌 내 본성의 사악한 측면은 방금 폐기한 선한 측면만큼 튼튼하지 못했고 발육상태도 좋지 않았다. 다시 말해 내 인생의 9할은 노력과 덕성과 통제의 삶이었기 때문에 사악한 측면은 훨씬 덜 활용되었고, 훨씬 덜 소진된 것이다. 내 생각에는 에드워드 하이드가 헨리 지킬에 비해 체격이 훨씬 왜소하고 가냘프고 나이가 어린 것도 이 때문으로 보인다. 한쪽의 얼굴에 선량함이 환하게 빛났듯, 다른 쪽의 얼굴에는 사악함이 오만군데에 뚜렷이 새겨져 있었다. 게다가 사악한 본성(나는 아직까지도 이것이 인간의 치명적 측면임을 믿을 수밖에 없다)은 육신에 기형과 쇠락의 인장을 찍었다. 그런데도 거울 속 흉측한 형상을 볼 때 나는 혐오감을 전혀 느끼지 못했고 오히려 뛸 듯이 반가웠다. 이 역시 나 자신이 아닌가. 그것은 자연스럽고 인간적인 존재로 보였다. 내 눈에는 거울에 비친 이 영상이 정신적으로 더 활기차고, 지금까지 내가 내 것이라고 습관적으로 부른 불완전하고 분열된 생김새에 비해 더욱 완전하고 통일된 모습으로 보였다. 그리고 여기까지는 의심의 여지 없이 내가 옳았다. 내가 여태 관찰한 바에 의하면, 에드워드 하이드의 외형을 걸치면 나에게 접근하는 사람 누구나 처음에는 나의 외모를 보고 불안해하는 게 확연했다. 내가 볼 때 그 이유는 우리가 만나는 유형의 사람은 모두 선과 악이 섞여 있는 존재인데, 오직 에드워드 하이드만은 인류 전체에서 유일하게 순수한 악의 덩어리였기 때문일 것이다.

내가 거울 앞에 머문 시간은 잠시 동안에 불과했다. 두번째 최종 실험은 아직 시도하지 않은 상태였다. 상실한 내 정체성을 회복할 수 있을지 없을지 아직 알 수 없었고, 동이 트기 전에 이제는 내 집이 아니게 된 이 집에서 도망쳐야만 했다. 나는 연구실로 황급히 돌아와 다시 한번 약을 조제하여 들이마셨고, 다시 한번 해체의 격통을 겪었으며, 다시 한번 헨리 지킬의 키와 얼굴을 가진 나 자신으로 되돌아왔다.

그날밤 나는 운명의 십자로에 서 있었다. 내가 발견한 것을 보다

숭고한 정신으로 사용했더라면, 관대하고 경건한 열망을 품고 실험을 감행했더라면 분명 모든 것이 달라졌을 것이고, 이런 생사의 고뇌로부터 악마가 아니라 천사가 잉태하였을 것이다. 약은 선악을 구분해서 작용하지 않았다. 그것은 악마적인 것도 거룩한 것도 아니었다. 그것은 내 본성을 가두었던 감옥의 문을 뒤흔들었고, 그러자 마치 빌립보의 죄수들처럼 안에 갇혀 있던 것이 튀어나왔을 따름이다.[17] 당시 내 마음속 덕성은 잠들어 있었다. 반면, 나의 사악한 본성은 밤에 돌아다니다보니 늘 각성상태여서 호시탐탐 노리고 있다가 민첩하게 기회를 포착하였다. 그리하여 태어난 자가 에드워드 하이드였다. 그 결과 나는 지금 두개의 외형과 두개의 성격을 가졌음에도 불구하고, 하나는 전적으로 사악한 존재이고 다른 하나는 여전히 과거의 헨리 지킬인데, 후자는 모순적 합성물이므로 교정과 개량이 불가능하다고 나는 이미 단념하고 있었다. 그리하여 상황은 오로지 악화되어갈 뿐이었다.

그때까지 나는 무미건조한 학자의 삶에 대한 혐오를 극복하지 못한 상태였다. 가끔씩은 나도 즐기고 싶었다. 그런데 나의 쾌락은 (최소한으로 말해도) 결코 품위있는 것들이 아니었다. 나 자신은 고상한 인품으로 널리 알려져 있지만, 노년에 접어들게 되니 내 삶의 이러한 모순은 나날이 더욱 달갑지 않게 되었다. 새로 발견한

---

17 이와 관련하여 신약성서 사도행전 16장 26절에는 다음과 같은 구절이 있다. "이에 갑자기 큰 지진이 나서 옥터가 움직이고 문이 곧 다 열리며 모든 사람의 매인 것이 다 벗어진지라."

능력은 바로 이 측면을 유혹했고, 나는 마침내 그것의 노예가 되고 말았다. 잔을 들이켜 바로 저명한 교수의 육신을 내던지고 두꺼운 외투 입듯 에드워드 하이드의 육신을 걸치기만 하면 되는 것이다. 이런 생각을 하자 웃음이 나왔고, 그 당시 나에게는 재미있는 일로 여겨졌다. 그리하여 꼼꼼하게 만반의 준비를 했다. 소호에 집을 구해서 가구를 들여놓았는데, 나중에 경찰이 하이드를 추적해 찾아간 그 집이다. 그리고 한 여자를 가정부로 고용했는데, 과묵하고 몰염치한 성격이라는 걸 잘 알고 있었다. 다른 한편, 하인들에게는 하이드 씨라는 사람(인상착의를 말해주었다)이 광장거리에 있는 내 저택에 마음대로 출입할 권한을 가지고 있다고 일러두었다. 그리고 심지어는 운 나쁜 사고를 대비해 하이드의 모습으로 방문해서 하인들이 나에게 익숙하도록 만들었다. 다음 수순으로 자네가 그토록 반대한 유언장을 작성했고, 이에 따라 인간 지킬에게 변고가 생기더라도 나는 금전적 손실 없이 인간 하이드로 새로운 삶을 시작할 수 있게 되었다. 이렇게 생각할 수 있는 만반의 준비를 마친 후 나는 내가 처한 이 기묘한 면책특권의 덕을 보기 시작했다.

예전 사람들은 범죄를 저지를 때 청부업자를 고용하여 자신의 인성과 명성을 안전하게 보존했다. 나는 쾌락을 목적으로 그 방법을 쓴 최초의 인간이었다. 나는 온화한 모습으로 점잔을 잔뜩 빼면서 대중들 사이를 중후한 걸음으로 걷다가 순식간에 마치 짓궂은 남학생처럼 이 빌린 옷을 벗어던지고 방종의 바다 속으로 곤두박질칠 수 있는 최초의 인간이었다. 그런데 누구도 눈치채지 못할 이 외투를 입어서 신변의 안전이 완벽히 보장되는 건 나에게만 해당되는 일이었다. 생각해보라. 심지어 나는 존재하지 않는 것 아닌가! 내 연구실로 도망가 항상 준비해둔 용액으로 약을 조제해 삼킬 일 이초의 시간만 달라. 그러면 무슨 일을 했든지 간에 에드워드 하이드는 거울의 입김자국처럼 사라질 것이다. 그리고 그 대신 다른 사람이 편안하게 연구실에서 한밤의 등불 심지를 다듬으며 범죄 혐의에 대해 코웃음을 칠 수 있으니, 그가 바로 헨리 지킬인 것이다.

변신상태에서 급하게 추구하던 쾌락은 이미 말한 바처럼 품위 없는 짓들인데, 나로서는 이보다 더 거친 용어를 쓰고 싶지는 않다. 그러나 에드워드 하이드의 손에서 그것들은 곧바로 흉악한 짓으로 변하기 시작했다. 이러한 일탈에서 다시 제자리로 돌아오면 나는 종종 내 분신의 타락에 대해, 뭐랄까, 경탄을 하곤 했다. 나 자신의 영혼에서 불러내 자신의 쾌락을 즐기도록 홀로 밖으로 내보낸 이 악령은 태생적으로 해로운 악당이었다. 그의 모든 행동과 사고는 자기중심적이었다. 타인을 괴롭히는 일이 그의 즐거움이었는데, 괴롭히는 일이라면 크고 작은 것을 가리지 않고 짐승처럼 게걸스럽게 탐닉했고, 목석처럼 잔인했다. 헨리 지킬은 가끔 에드워드 하이드의 행위 앞에서 기겁하고 놀랐다. 그러나 일반 법률이 적용되지 않는 상황이었고 따라서 시나브로 양심의 통제는 느슨해졌다. 결국 죄지은 자는 하이드이며, 하이드일 따름이었다. 지킬은 예전과 다를 바 없어서 자고 깨어나면 외관상 아무런 상처 없이 본래의 선량한 성정의 인간으로 되돌아갔다. 심지어 하이드가 저지른 죄악의 원상회복이 가능할 때에는 서둘러 손을 쓰곤 했다. 이리하여 그의 양심은 잠자게 되었다.

나는 내가 저지른 파렴치한 행위들(지금도 내가 했다는 사실을 인정하기 힘들다)이 어떤 것들인지 세세하게 말할 생각은 없다. 단지 나에게 닥쳐올 천벌을 알려준 경고음과 그 하나하나의 단계에 대해서만 언급하고 싶을 따름이다. 나는 사고를 하나 쳤는데, 큰 문제를 야기하지 않았기 때문에 간단히 언급하겠다. 어린아이에게 잔인한 짓을 했다가 지나가던 행인의 분노를 자초했는데, 그 행인은 나중에 보니 자네의 친척이었다. 의사와 아이의 가족들이 가담했고, 순간 나는 생명에 위협을 느꼈다. 마침내 너무도 정당한 그들의 분노를 달래기 위해 에드워드 하이드는 그들을 문 앞까지 데리고 와서 헨리 지킬의 이름으로 수표를 발행해 배상해야 했다. 그러나 이후에는 다른 은행에 에드워드 하이드라는 명의로 계좌를 개설함으로써 이 위험을 간단히 제거했다. 그리고 뒤로 눕혀서 쓴 필체를 내 분신의 서명으로 삼았을 때 나는 운명의 손아귀에서 벗어났다고 생각했다.

댄버스 경 살해사건이 있기 두달 전쯤 외출해서 또 한번 모험을 즐기고 늦은 밤시간에 귀가했는데, 다음날 침대에서 깨어났을 때 느낌이 좀 이상했다. 주위를 둘러보았으나 이유를 알 수 없었다. 광장 쪽 내 방의 우아한 가구와 높은 천장을 보았는데도 허사였다. 침대 커튼의 무늬와 마호가니 프레임의 디자인이 똑같다는 걸 확인했어도 마찬가지였다. 뭐랄까, 내가 늘 있던 자리가 아니라는 느낌, 내가 깨어난 이 장소가 늘 자던 곳이 아니라, 에드워드 하이드의 육신으로 잠자곤 했던 소호의 작은 방이라는 생각이 자꾸 들었다. 나는 빙그레 웃고는 느긋하게 내 나름의 심리학적 방식으로 이 환상의 요인들을 분석했고, 가끔은 그러다 편안한 아침잠 속으로 다시 빠져들곤 했다. 이렇게 졸면서 심리분석을 하다가 정신이 좀 드는 순간 내 손을 보게 되었다. 헨리 지킬의 손은 (자네도 종종 언급했다시피) 형태와 크기가 의사라는 직업에 아주 쓸모있게 크고, 단단하고, 희고, 잘생긴 손이었다. 그런데 그때 담요에 반쯤 가려진 채로 런던의 늦은 아침시간에 비스듬히 들어오는 노란 햇살 아래서 본 그 손은 야위고, 힘줄이 튀어나오고, 마디가 굵고, 피부색은 푸르뎅뎅하고, 온통 거무스름한 털로 덮인 것이 선연히 보였다. 그것은 에드워드 하이드의 손이었다.

나는 그저 멍한 상태로 약 삼십초간 그 손을 바라보고만 있었다. 그러다 씸벌즈 두짝이 부딪치는 굉음처럼 급작스럽게 맹렬한 공포가 엄습했다. 침대에서 튀어나와 거울 앞으로 달려갔다. 내 눈과 마주친 형상을 보는 순간 온몸의 피가 마르고 얼어붙었다. 그랬다. 자러 갈 때에는 헨리 지킬이었는데, 깨어나보니 에드워드 하이드였던 것이다. 이걸 어떻게 설명할 수 있을까? 나 자신에게 물었다. 이와 함께 이걸 '어떻게 수습하지?'라는 또 한차례의 공포가 엄습했다. 아침이 벌써 지나 하인들이 돌아다니고 있고 약은 모두 연구실에 있어 거길 가려면 계단을 두단 내려가서 뒤쪽 통로를 돌아 옥외로 나가서 뒤뜰을 지나 해부학 계단강의실을 통과해야 하는 긴 여정이었다. 이걸 생각하면서 나는 공포에 질린 채 서 있었다. 얼굴을 가릴 수는 있을 것이다. 그러나 작아진 키를 숨길 수 없다면 그게 무슨 소용인가? 그때 하인들이 나의 두번째 자아가 들락거리는 것을 여러번 보았다는 사실을 떠올렸고, 그러자 안도감으로 몸이 풀렸다. 나는 곧 내가 입는 치수의 옷을 입었는데 가능한 한 보기 좋게 입고 곧장 집 안을 관통해서 지나갔다. 브래드쇼가 이렇게 이른 시각에 하이드 씨가 아주 이상한 차림으로 나타난 걸 보고 빤히 바라보다가 뒤로 물러섰다. 십분 후 지킬 박사는 원래의 형체로 돌아왔고, 어두운 표정으로 앉아 아침식사를 하는 둥 마는 둥 했다.

식욕이 싹 달아났다. 이 설명할 수 없는 사건, 이전 경험과 정반대인 이 사건은 먼 옛날 바빌론 벽에 나타난 손가락처럼 나에게 닥칠 심판의 글자를 쓰고 있는 것처럼 보였다.[18] 나는 내 존재의 이중성이 지닌 문제와 가능성에 대해 그 어느 때보다 진지하게 성찰하기 시작했다. 나에 의해 현실로 튀어나온 나의 사악한 분신은 최근 많이 움직였고 잘 먹었다. 근래에 와서 에드워드 하이드의 키가 커졌다는 느낌, (내가 그의 형체를 입었을 때) 혈액순환이 더 잘된다는 느낌이 들었다. 만일 이런 일이 훨씬 더 오랫동안 지속된다면, 내 본성의 균형이 아마 영원히 뒤바뀌어 자유의지에 의한 변신

---

18 구약성서에서 바빌론 벨사살 왕이 우상을 숭배하고 성전의 그릇으로 잔치를 벌이자 왕궁 벽에 해독 불가능한 글자가 나타난다. 이때 왕에게 불려간 다니엘은 하느님에게 맞선 죄로 왕이 벌받을 것이라고 말한다. "그때에 사람의 손가락들이 나타나서 왕궁 촛대 맞은편 석회벽에 글자를 쓰는데 왕이 그 글자 쓰는 손가락을 본지라."(다니엘 5장 5절)

의 능력을 상실할 것이고, 내가 에드워드 하이드의 인성으로 바뀌어버리는 돌이킬 수 없는 사태가 올 수도 있는 위험성을 감지했다. 약의 효력도 항상 일정하지만은 않았다. 변신을 시도하던 초기에 한번은 약이 전혀 듣지 않았다. 그후 두배 분량의 약을 삼킨 적도 여러번 있고, 한번은 죽을지도 모를 위험을 무릅쓰고 세배로 늘린 적도 있다. 만족스럽던 나에게 유일하게 어두운 그림자를 드리운 것은 가끔 나타나는 이런 불확실성이었다. 그러나 지금 아침에 일어난 사건을 조명해보니, 애초의 난관이 지킬의 육신을 벗어던지는 일이었지만, 최근에는 또다른 분신으로 점진적이지만 명확하게 바뀌어가는 것에 유의하지 않을 수 없었다. 그러므로 이 모든 일이 시사하는 바는 명확했다. 그것은 본래의 선량한 자아의 장악력이 조금씩 상실되면서 두번째의 사악한 자아 속으로 조금씩 내가 흡수되고 있다는 사실이었다.

이제 두 자아 사이에서 선택을 해야 할 순간이 왔다는 느낌이 들었다. 두 본성은 기억을 공유하지만, 그외의 다른 능력은 각자 아주 불균등하게 가지고 있었다. (본성이 복합적인) 지킬은 어떤 때는 지나치게 두려워했고, 그러다가 어떤 때는 탐욕스러운 입맛을 다시며 하이드의 쾌락과 모험에 동참했다. 그러나 하이드는 지킬에게 관심이 없었고, 있더라도 마치 산적이 추적을 피해 몸을 숨길 수 있는 동굴을 기억해내듯 지킬을 기억할 따름이었다. 지킬의 관심은 아버지의 그것보다 더 컸지만, 하이드의 무관심은 아들의 그것보다 더 심했다. 나의 운명을 지킬과 하나로 묶는 것은 내가 오랫동안 몰래 탐닉했고 최근 들어 만끽하기 시작한 이 욕망들을 포기하는 일이다. 하이드와 운명을 같이하는 것은 수많은 이익과 열망을 포기하는 것이자, 일거에 그리고 영원히 친구를 잃고 경멸을 받는 일이다. 거래가 불평등해 보이지 않는가. 그런데 저울질할 때 고려해야 할 사항이 또 하나 있다. 지킬은 금욕의 형벌 속에서 쓰라린 고통을 겪겠지만 하이드는 자신이 상실한 것을 의식조차 하지 않으리라는 점이다. 내가 처한 상황이 남달리 기이하지만, 이 논쟁의 항목들은 인간 역사만큼 진부하고 오래된 것들이다. 유혹당하고 전율하는 죄인들을 향해 똑같은 크기의 유인책과 경고를 담은 운명의 주사위가 던져졌다. 그리하여 절대 다수의 인간들에게 일어난 일이 나에게도 일어났으니, 나는 선량한 자아를 선택했지만 그것을 고수할 역량이 부족하다는 것은 나중에야 알게 되었다.

그렇다. 나는 욕구불만에 빠진 나이 지긋한 의사의 운명, 즉 친구들에게 둘러싸이고 정직한 희망을 가슴에 품은 의사의 운명을 선택했으며, 하이드로 변장해서 즐기던 방종, 젊은 나이, 가벼운 발걸음, 박동하는 맥박, 은밀한 쾌락 등과 단호하게 결별했다. 결별을 선택했지만 내가 의식하지 못하고 내버려둔 것이 있었는데, 소호의 집을 포기하지 않았고 연구실에 늘 준비해두던 에드워드 하이드의 복장도 처분하지 않았다. 그렇지만 두달 동안 결심한 바를 충실히 지켰다. 두달 동안 과거 그 어느 때보다도 더욱 엄격한 생활을 하면서 바뀐 생활을 응원하는 양심의 보상에 기뻐했다. 그러나 시간은 생생한 경고를 드디어 지우기 시작했다. 양심의 칭찬은 점차 일상사로 전락하기 시작했다. 그러자 자유를 달라고 몸부림치는 하이드의 격통과 욕망이 나를 고문하기 시작했다. 도덕적으로 약해진 순간 마침내 나는 다시 한번 물약을 조제해 삼키고 말았다.

주정뱅이는 자신이 저지른 잘못에 대해 말할 때 잔인하고 물리적인 무감각으로 말미암아 자신이 위험에 빠지는 경우는 오백번 중 한번에 불과하다고 자기변명을 늘어놓는데, 나는 그렇게 변명하지 않겠다. 내 처지에 대해 오랫동안 숙고했음에도 불구하고 나는 에드워드 하이드의 가장 중요한 특징인 도덕감각의 완벽한 결여와 사악한 짓을 하려는 냉혈한의 준비태세를 충분히 고려하지 못했다. 게다가 바로 이런 사려 부족 때문에 나는 천벌을 받게 되고 말았다. 나의 악마적 분신은 오랫동안 갇혀 있었기 때문에 유폐에서 풀려나자 포효했다. 심지어 약을 들이마시는 그 순간 악행을 저지르려는 성정이 고삐 풀려서 맹렬하게 솟구치는 걸 의식했다. 나에게 당한 그 불행한 희생자는 예의 바르게 인사를 했는데도 나의 영혼 속에서 화가 불같이 치민 것은 필시 이 때문이었으리라 생각한다. 하느님께 맹세코, 도덕적으로 제정신이었다면 그토록 하찮은 시비에 그런 범죄를 도저히 저지를 수는 없었을 것이다. 그리하여 병든 아이가 장난감을 부숴버리는 정신보다 나을 바 없는 비이성적 정신상태에서 일을 저지르고 말았다. 우리들 중 가장 사악한 자조차 유혹이 득실거리는 거리를 어느정도 태연히 걸어가는 까닭은 인간에게 본능적 균형감각이 있기 때문인데, 나는 이 모든 본능적 균형감각을 자발적으로 벗어던졌다. 그러므로 내 경우 유혹은 아무리 작은 것일지라도 타락을 의미하였다.

　내 내면에 있던 악마적 심성은 즉각 깨어나서 발광을 했다. 나는
환희에 도취되어 저항하지도 않는 사람의 신체를 공격했고 타격
을 가할 때마다 기쁨을 맛보았다. 그러다 그것이 지겨워지는 순간,
나는 희열의 절정상태에서 문득 한줄기 차갑고 두려운 공포가 심
장을 꿰뚫고 지나감을 느꼈다. 안개가 걷히자 내 삶이 위태롭다는
걸 알았고, 그래서 한편으로는 의기양양하게, 다른 한편으로는 떨
면서 폭력의 현장에서 도망쳤다. 나의 악마적 욕정은 충족되면서
촉진되었고, 삶에 대한 나의 애정은 최고조에 달했다. 소호의 집으
로 달려가서 (조심에 조심을 거듭하며) 서류를 파기했다. 그런 다
음에 가로등이 켜진 거리로 나왔다. 희열과 전율로 분열된 내 정신
은 황홀경에 빠졌고, 내가 저지른 범죄에 흐뭇해했으며, 앞으로 저
지를 일들을 들뜬 마음으로 궁리했다. 그러면서도 누군가 복수를
하러 따라올까봐 뒤편의 발소리에 귀를 기울이면서 걸음을 재촉했
다. 하이드는 약을 조제하면서 콧노래를 흥얼거렸고 마실 때는 죽
은 사람을 위해 축배를 들었다. 변신의 고통으로 몸을 쥐어뜯으며
지킬로 되돌아와서는 감사와 회한의 눈물을 흘리며 무릎을 꿇고
엎드려 깍지 낀 손을 하느님을 향해 들어올렸다. 머리에서 발끝까
지 감싼 자기탐닉의 장막은 갈래갈래 찢어졌다. 내 전생애가 머리
를 스치며 지나갔다. 아버지의 손을 잡고 걸었던 어린 시절부터 시
작해서 직업인으로서의 고단한 자기부정의 삶을 거쳐, 마침내 저
녁때 저지른 끔찍하지만 도대체 실감이 나지 않는 사건으로 자꾸

되돌아갔다. 나는 큰 소리로 비명을 질렀는지도 모르겠다. 기억 속에서 나를 향해 무리 지어 몰려오는 가증스러운 이미지와 소리를 눈물과 기도로써 억누르려고 노력했다. 그러나 기도 중에도 사악한 내 분신의 흉측한 얼굴은 나의 영혼 속을 빤히 들여다보고 있었다. 격렬한 양심의 가책이 가라앉으면서 기쁨으로 바뀌었다. 내 행위의 문제는 해결되었다. 이제 하이드로의 변신은 불가능할 것이다. 원하든 원치 않든 간에 이제 내 삶은 존재의 선량한 측면에만 국한될 것이다. 아, 그걸 생각하고 얼마나 기뻐했던가! 다시 한번 얼마나 겸손하게, 얼마나 기꺼이 보통사람의 한정된 삶을 받아들였던가! 그동안 자주 드나들던 문을 잠그고 열쇠를 발뒤꿈치로 으스러뜨릴 때 그 거부의 결심은 얼마나 진지했던가!

그 다음날, 살인 장면을 목격한 사람이 있고, 범인은 하이드임이 명백하고, 희생자는 대중의 존경을 받는 고위인사라는 소식을 들었다. 그것은 범죄를 넘어 비극적이고 얼빠진 만행이었다. 그것을 깨달아 다행이라고 생각했다. 즉 교수형에 대한 공포가 나의 선량한 충동을 지탱하고 보호해주어 다행이라고 생각했다. 이제 지킬은 나의 피난처였다. 잠시라도 하이드가 얼굴을 드러내면 누구나 그를 잡아 죽이려고 손을 치켜들 것이다.

나는 앞으로 과거의 잘못을 속죄하기 위해 노력하기로 결심했다. 솔직히 내 결심은 어느정도 성과가 있었다라고 할 수 있다. 작년 말의 마지막 몇개월 동안 고통을 덜기 위해 열심히 일했다는 사실은 바로 자네도 알 것이다. 남을 위한 봉사를 많이 했다는 것, 그리고 조용히 나 자신을 위해 아주 행복한 나날을 보냈다는 것도 알 것이다. 게다가 이렇게 죄짓지 않고 베푸는 삶이 지겹지 않았다고 진심으로 말할 수 있다. 오히려 하루하루 더욱더 철저히 즐겼다고 생각한다. 그러나 나는 여전히 목적의 이중성이란 저주에 걸려 있었다. 그리하여 애초의 치열했던 회개의 칼날이 무뎌지면서, 내가 오랜 동안 몹시 탐닉했다가 아주 최근에 사슬로 묶어놓은 나의 저급한 분신이 자신을 풀어달라고 몸부림치기 시작했다. 그렇다고 내가 하이드를 소생시키고 싶었던 건 아니었다. 오히려 그런 생각만 들어도 격앙될 정도로 깜짝 놀라곤 했다. 그러나 아니었다. 나를 유혹해서 내 양심을 가지고 장난친 것은 다름 아닌 나 자신의 인성이었다. 나는 마침내 집요한 유혹에 굴복하고 말았으니, 나 역시 은밀히 죄짓는 평범한 사람이었던 것이다.

이로써 모든 게 끝났으니 아주 단단한 방벽이 끝내 무너진 것이다. 잠시나마 나의 악마적 본성에 굴복한 것이 결국 내 영혼의 균형을 파괴하고 말았다. 그러나 나는 경각심을 가지고 있지 않았다. 나의 몰락은 마치 옛 생활로 돌아가는 것처럼 당연할 수 있음을 나중에야 비로소 알게 되었다. 1월 어느 청명한 날 발밑은 얼음이 녹아 축축했지만 하늘은 구름 한점 없었다. 리젠트 공원[19]은 겨울새들의 지저귐으로 충만했고 향긋한 봄냄새가 감미로웠다. 나는 벤치에 앉아 햇볕을 쬐고 있었고, 내 안의 야수는 기억의 살점들을 핥

---

19 런던 중심가 북서쪽에 위치하며 소설에서 래니언 박사의 집이 있는 캐번디시 스퀘어 가에서 가깝다.

고 있었다. 그러나 나의 영적 측면은 깨어나면 회개하겠다고 약속하고 살며시 잠이 든 상태였으니, 회개는 아직 시작되지 않았다. 결국 나는 내 이웃과 다를 바 없다고 생각했다. 그러고는 나 자신을 남들과 비교하며, 즉 자선활동에 적극적인 나와 타인의 고통에 둔감하고 잔인할 정도로 굼뜬 남들을 비교하며 빙그레 웃었다. 그런데 이렇게 허영심을 느낀 바로 그 순간 현기증과 함께 지독한 구토와 맹렬한 오한이 엄습했다. 그 증상이 사라지자 정신이 가물가물했다. 이어서 어지러운 증세가 가라앉았는데, 그때 나는 내 성격이 조금 전보다 훨씬 대담해지고, 위험을 경멸하게 되었으며, 의무의 속박에서 벗어났다는 것을 느끼기 시작했다. 아래를 내려다보았다. 옷은 쭈그러든 팔다리 위에 헐렁하게 걸쳐져 있었고, 무릎 위에 얹은 손은 힘줄이 튀어나오고 털이 북슬북슬했다. 나는 다시 에드워드 하이드로 변한 것이다. 조금 전까지만 하더라도 나는 만인의 존경을 받는 부유하고 사랑스러운 존재였고, 집에선 식당 탁자에 식탁보를 깔아놓고 나를 기다리고 있었다. 그런데 지금 나는 인류 전체의 사냥감이 되어 집도 없이 쫓기며 교수형에 처해질 수도 있는 신원이 알려진 살인범이다.

혼미했지만 정신을 완전히 상실한 것은 아니었다. 그동안 나는 또다른 분신이 되었을 때 인지능력이 더욱 예리해지며 정신의 긴장감이 높아지고 유연해진다는 사실을 여러번 경험했다. 그리하여 지킬이라면 포기했을 수도 있는 일을 하이드는 상황의 중요성에 따라 대응했다. 약품은 연구실 유리선반 안에 있다. 어떻게 그것

에 접근할 것인가? (손으로 관자놀이를 짓누르며) 해결방안을 찾
았다. 실습실 문은 내가 이미 막아버린 상태였다. 집을 통해 들어가
려고 하면, 하인들이 나를 붙들어 교수대로 보낼 것이다. 나는 다른
사람을 이용할 수밖에 없다는 걸 알았고, 그러자 래니언이 생각났
다. 어떻게 그와 연락하지? 어떻게 설득할까? 거리에서 붙잡히지
않는다 하더라도 어떻게 그가 사는 곳까지 갈까? 그리고 누군지도
모르는 불쾌한 방문객인 내가 어떻게 저 유명한 의사로 하여금 자
기 동료 지킬 박사의 방을 샅샅이 뒤지도록 설득할 수 있을까? 그
때 내 본래의 모습 가운데 한 부분이 아직 나에게 남아 있다는 사
실, 즉 내 고유의 필체로 글을 쓸 수 있다는 사실이 떠올랐다. 생각
이 섬광처럼 머릿속을 스쳤고, 즉각 처음부터 끝까지 내가 해야 할
일이 떠올랐다.

　그 즉시 옷매무새를 최대한 보기 좋게 매만지고, 지나가는 이륜
마차를 불러서 마침 내가 이름을 기억하고 있던 포틀랜드 거리의
한 호텔로 갔다. (의복 속에 엄청난 비극적 운명이 도사리고 있지
만, 외관은 정말 너무나 희극적인) 내 차림새를 보고 마부는 웃음
을 감추지 못했다. 내가 그를 향해 악마의 분노를 터트리며 이를
갈자 그의 얼굴에서 미소가 사라졌다. 이는 그에게 다행스러운 일
이었지만, 한번만 더 웃었더라면 분명 그를 마부석에서 끌어내렸
을 터이니 나에게는 더욱더 다행스러운 일이었다. 호텔로 들어서
면서 주위를 둘러보는 내 표정이 너무도 험악하여 시중드는 사람
들이 벌벌 떨었고, 내 면전에서는 서로를 바라보지도 못했다. 고분

고분하게 내 지시를 받아 나를 독방으로 안내한 다음 필기구를 가져다주었다. 생명의 위험에 처한 하이드를 나로서는 처음 겪어보는데, 아주 화가 나서 누굴 죽이고 싶도록 흥분한데다, 사람을 괴롭히지 못해 안달이 난 상태였다. 그러나 그 인간은 영악해 분노를 꾹꾹 누른 채 한통은 래니언에게, 또 한통은 집사 풀에게 보내는 중대한 편지 두통을 썼다. 그리고 발송되었다는 사실을 실제로 확인하기 위하여 등기로 보내라는 지시를 내렸다.

그때부터 그는 독방에서 하루 종일 손톱을 물어뜯으며 지냈다. 신분이 탄로날까 두려워서 방에서 혼자 식사를 했는데, 웨이터들은 그의 시선 앞에서 벌벌 떨었다. 드디어 한밤중이 되자 그는 거리로 나와서 포장마차를 잡아 구석에 웅크려 타고서 런던 거리 여기저기를 돌아다녔다. '그'가 했다고 말했는데, 도저히 '내'가 했다고는 말 못하겠다. 저 악마의 자식에게는 인간적인 것이 없으며, 그의 내면에는 오로지 공포와 증오만이 있을 뿐이었다. 이윽고 마부가 점점 자신을 의심한다는 걸 알고서 그는 우스꽝스러운 차림으로 말미암아 사람들의 주목을 받게 될 위험에도 불구하고 마차에서 내려 과감히 행인들 사이로 걸어갔다. 이때 공포와 증오의 저열한 두 감정이 내면에서 폭풍처럼 끓어올랐다. 그는 두려움에 휩싸인 채 혼자 중얼거리며 황급히 걸었는데, 자정까지 남은 시간을 계산하면서 인적이 드문 길을 몰래 걸었다. 한번은 여인이 그에게 말을 걸며 무엇인가 내밀었는데, 아마 성냥갑이었을 것이다. 그가 얼굴을 후려치자 여인은 도망쳤다.

래니언의 집에서 내 본연의 모습으로 되돌아왔을 때 옛 친구가 느낀 공포에 내가 좀 흔들렸을까. 잘 모르겠다. 하지만 그 공포는 이러한 시간들을 되돌아볼 때 드는 혐오감에 비하면 망망대해로 흘러드는 물 한방울에 불과할 것이다. 나에게 변화가 일어났다. 나를 고문하는 것은 더이상 교수형에 대한 두려움이 아니라, 하이드로 변신하는 것에 대한 공포감이었다. 비몽사몽 상태에서 래니언의 저주를 들었고, 비몽사몽 상태에서 집으로 돌아와 침대에 누웠다. 엄청나게 피곤한 하루였던 터라 나를 괴롭히던 악몽도 깨우지 못할 만큼 깊고 절박한 잠에 빠져들었다. 아침에 깨어났을 땐 충격의 여진으로 기력이 없었으나 기분은 상쾌했다. 여전히 내 안에서 잠자고 있는 야수를 생각하면 진저리 나면서 두려웠고, 전날 끔찍한 위기의 기억이 되살아났다. 그렇지만 또다시 집으로, 내 집 안으로 돌아왔고, 약이 옆에 있다. 그래서 위기 탈출에 감사하는 마음은 희망의 찬란함에 비견될 정도로 아주 강렬했다.

아침식사 후 상쾌한 마음으로 찬 공기를 들이마시며 집 앞 공원을 느긋하게 가로질러가던 중에 변신을 예고하는 뭐라고 표현할 수 없는 느낌이 엄습했다. 몸을 숨기려고 연구실로 돌아오자마자 다시 냉혈한으로 변하면서 하이드의 격정적 분노가 치솟았다. 이번에는 두배 분량의 약을 들이켜 나 자신으로 돌아왔다. 그런데 이 일을 어쩌나. 여섯시간 후 내가 서글픈 마음으로 난로의 불길을 바라보고 있을 때 변신의 격통이 다시 찾아와 다시 약을 복용해야 했다. 간단히 말해서 그날부터는 체조를 하는 등 엄청난 노력을 하고 약을 즉시 복용할 때만 지킬의 외관을 걸칠 수 있었다. 밤낮으로 나는 변신을 할까봐 몸서리쳤다. 무엇보다 잠을 자거나 심지어 의자에서 잠깐 졸기만 해도 깨어나면 어김없이 하이드로 변해 있었다. 파멸의 순간이 임박했다는 긴장과 나 자신을 저주하는 불면 속에서 내 몸은 열병에 사로잡혀 속이 허해졌고, 심신이 약해져 기력이 떨어졌으며, 하나의 생각 즉 나의 또다른 자아에 대한 공포에 사로잡혔으니, 아, 이는 내가 알고 있는 인간의 한계를 넘어선 것이었다. 그런데 잠을 자거나 약의 효력이 떨어지면 (변신의 고통이 나날이 줄어드는지라) 거의 의식하지 못하는 사이에 나 자신이 돌변해 공포의 이미지로 가득한 환상에 사로잡히곤 했다. 영혼은 원인 모를 증오로 들끓었으며, 육신은 날뛰는 삶의 에너지를 감당할 수 없게 되었다. 지킬이 허약해지는 만큼 하이드의 힘은 커지는 것 같았다. 두 분신의 상대방에 대한 증오는 그동안 차이가 있었는데, 이제는 똑같이 서로를 미워하는 게 확실했다. 지킬에게 그것은 삶을 위한 본능의 발로였다. 그는 이제 자신과 함께 의식현상의 일부를 공유하고 자신이 죽을 때 함께 죽을 그 존재의 완벽한 기형성을 알게 되었다. 이런 공존관계 자체는 아주 가슴 아픈 고뇌의 원인이 되었으며, 한발 더 나아가 지킬은 하이드가 겉으로 보기엔 생명의 활력으로 넘치지만 실제로는 악마적일 뿐만 아니라 심지어 생명체도 아니라고 생각했다. 충격적인 사실은 이런 지옥의 흙덩이가 고래고래 고함치는 것이었고, 형체 없는 티끌이 손짓 발짓을 하며 죄를 짓는 것이었으며, 죽고 형체 없는 것이 생명의 역할을 찬탈하는 것이었다. 저 몸부림치는 공포가 배우자보다 더 가까이, 그의 눈보다 더 가까이 그 자신과 얽혀 있다는 것, 그의 살 속에 갇혀 있지만 투덜대며 살 밖으로 나오려고 몸부림치는 것을 느낀다는 것, 그가 약해질 때마다 잠의 은밀함 속에서 그와 싸워 이기고 그의 삶을 몰아낸다는 것, 이것들 역시 충격적인 사실이었다. 지킬에 대한 하이드의 증오는 차원이 달랐다. 교수형에 대한 공포로 인해 그는 끊임없이 충동적으로 자살을 시도하려 했으며, 그러다가 온전한 인간이 아닌 반쪽 인간이라는 자신의 종속적 지위로 되돌아갔다. 그러나 그는 이런 필연성을 몹시 증오했고, 의기소침해 있는 지킬을 증오했으며, 자신을 바라보는 혐오의 시선에 분개했다. 그로 인해 나를 놀리며 유인원같이 잔꾀를 부리곤 했는데, 내 책에다 신성모독적 발언을 내 필체로 휘갈기고, 편지를 불태우고, 아버지의 초상화를 파괴했다. 정말이지, 죽음에 대한 두려움이 없었더라면 그는 벌써 자신을 파멸로 몰았을 것이고 나까지 파멸시키려 했을 것이다. 그러나 삶에 대한 그의 애정은 놀라웠다. 한가지 더 말하겠다. 나는 그를 생각만 해도 욕지기가 나고 몸이 얼어붙지만, 그렇게 비참한 처지임에도 불구하고 그가 가진 삶에 대한 열정적 애착을 상기하면, 그리고 내가 자살로 그를 제거할까봐 전전긍긍하는 걸 보노라면 측은한 마음이 든다.

이 이야기를 더 계속하는 건 부질없는 일이고, 시간도 아주 모자란다. 누구도 나만큼 큰 고통을 겪지 않았다는 것, 이 정도만 말하자. 게다가 습관이 되다보니 왠지 영혼이 무감각해지고, 왠지 절망을 묵인하게 되는데, 그렇다고 고통이 경감되는 것은 결코 아니다. 한가지 사건이 없었더라면 이 징벌은 앞으로 수년 더 지속될 수도 있었을 터인데, 그러나 지금 최후의 재앙이 나에게 닥쳤고, 이로 인해 나는 원래의 나의 모습 및 본성과 마침내 작별하게 되었다. 첫번째 실험 이후로 소금을 다시 구매한 적이 없었으므로, 비축량이 바닥나기 시작했다. 나는 소금을 새로 공급받아 물약을 조제했다. 거품이 일어나고 색깔이 한번 변했으나, 두번째의 색깔 변화가 없었다. 약을 마셨으나 효과가 없었다. 자네는 내가 런던을 샅샅이 뒤져 어떻게든 그것을 구하려고 했다는 사실을 풀로부터 들었을 것이다. 아무런 소득이 없었다. 이제 내가 확실하게 안 것은 처음 공급받은 소금에 불순물이 있었다는 것, 그리고 물약의 약효는 그 미지의 불순물에서 나왔다는 사실이다.

그로부터 일주일 정도 지났고, 나는 마지막으로 남은 옛날 약을 복용하고 지금 이 글을 마무리하고 있다. 그러므로 기적이 일어나지 않는 이상 지금이 헨리 지킬이 지킬로서 생각하고, 거울에서 자기 얼굴(지금 보니 폭삭 삭았구나!)을 볼 수 있는 마지막 기회이다. 또한 글을 끝내기 위해 시간을 너무 끌어서도 안된다. 내 진술이 지금까지 찢어지지 않고 살아남은 건, 나의 신중한 일처리에다 대단한 행운이 따라준 덕분이다. 글을 쓰는 동안 변신의 격통이 나에게 닥치게 되면, 하이드는 이 글을 조각조각 찢어버릴 것이다. 그렇지만 내가 편지를 옆으로 제쳐놓고 나서 얼마간 시간이 지나기만 하면, 그는 놀랄 만큼 자기중심적이며 목전의 일에 집착하는 성격 때문에 유인원같이 악의에 차서 이 편지를 찢는 일까지는 생각하지 못할 것이다. 사실 우리 둘 모두에게 닥쳐오고 있는 파멸은 이미 그를 변화시켰고 타격을 주었다. 지금으로부터 삼십분 후 나는 저 가증스러운 인성의 탈을 다시 그리고 영원히 쓰게 될 터인데, 그때 나는 의자에 앉아 부들부들 떨면서 울부짖거나 아니면 긴장과 두려움으로 가득 찬 상태에서 주위의 소리를 듣느라 모든 것을 잊은 채, (지상의 마지막 도피처인) 이 방을 이리저리 계속 걸으며 위협의 낌새를 놓치지 않기 위해 귀 기울이고 있을 것이다. 하이드는 교수대에서 죽을까? 아니면 최후의 순간에 자신을 해방할 용기를 갖게 될까? 하느님만 아실 것이고, 나하곤 상관없는 일이다. 지금이 나의 진정한 사망 시점이고, 이제부터 일어날 일은 내가 아닌 다른 사람이 하는 일이다. 그러니 여기서 펜을 놓고 내 고백서를 봉인하며 저 불행한 헨리 지킬의 삶을 마감한다.

마크하임
Markheim

"그렇습죠." 가게 주인이 말했다. "횡재하는 법도 가지가지입죠. 고객이 뭘 모르면 전문지식으로 한몫 보지요. 정직하지 않은 사람도 있어요." 이렇게 말하면서 그는 촛불을 치켜들었다. 그러자 밝은 불빛에 방문객 얼굴이 환하게 드러났다. 그는 계속 말했다. "그런데 그럴 경우엔 난 정직한 거래로 이문을 남기지요."

마크하임은 백주 대낮의 거리에서 가게 안으로 막 들어선 참이었다. 그래서 빛과 어둠이 섞인 가게 안이 아직 눈에 익지 않았다. 주인의 어투가 신랄한데다 촛불을 가까이 들이대어 그는 고통스럽게 눈을 껌벅이면서 시선을 옆으로 돌렸다.

주인이 키득거렸다. "손님께선 크리스마스 날에 오셨습니다."

그가 다시 말을 꺼냈다. "집에 저 혼자뿐이고, 가게가 덧문을 닫고 쉬는 날이란 걸 아시면서 말입니다. 그러니 그것까지 쳐서 계산해야 합니다. 장부정리를 끝내야 하는 시간에 오셨으니 시간을 손해 본 것까지 셈해주셔야죠. 게다가 오늘 손님 태도가 좀 수상하니 그 값도 내셔야 하고요. 전 아주 신중한 사람이라 곤란한 질문을 하지 않습니다. 그러나 제 눈을 똑바로 바라보지 못하는 고객은 그 값을 내야 하지요." 주인이 다시 한번 키득거렸다. 그러다 다시 예의 장사꾼 목소리로 바뀌었는데 빈정거리는 말투는 여전했다. "손님께서는 여느 때처럼 물건을 어떻게 얻게 되었는지 깔끔하게 설명해주실 수 있나요?" 그가 계속 말했다. "이번에도 삼촌 캐비닛에 있던 건가요? 참으로 대단한 수집가입니다, 손님!"

창백한 얼굴에 등이 굽고 몸집이 자그마한 주인은 거의 까치발을 하고서 금테안경 너머로 그를 바라보았다. 주인은 고개를 끄덕거리면서도 도저히 믿지 못하겠다는 표정이었다. 마크하임은 아주 가엾다는 듯 그의 시선을 맞받았는데 그의 시선에는 일말의 공포가 어려 있었다.

"이번에는 당신이 틀렸소." 마크하임이 말했다. "난 팔려고 온 게 아니라 사려고 왔소. 이젠 더이상 처분할 골동품이 없소. 삼촌 캐비닛은 이제 거의 바닥이 드러났다오. 손대지 않고 나뒀더라면, 내가 증권시장에서 톡톡히 재미를 봤으니 거기에 보태는 게 더 나았을 거요. 그리고 오늘은 아주 단순한 일 때문에 왔소. 어떤 숙녀분께 드릴 크리스마스 선물을 찾고 있소." 그는 계속 말했다. 준비했던 말이라 일단 꺼내자 갈수록 더 유창해졌다. "이렇게 사소한 일로 당신을 귀찮게 했으니 당신이 뭐라고 해도 할 말이 없소이다. 선물을 어제 마련해야 했는데 깜빡한 거요. 저녁만찬 때 조그만 선물이라도 내놔야 하오. 그리고 주인장도 잘 알다시피 있는 집 딸과의 혼사에는 선물을 소홀히 하면 안되잖소."

잠시 대화가 끊기고 주인은 못 믿겠다는 표정으로 손님의 말을 따져보는 것 같았다. 가게 골동품 더미 사이사이에 박힌 시계들의 똑딱 소리, 그리고 근처 대로에서 희미하게 들려오는 마차들의 질주 소리가 그 침묵의 공백을 메웠다.

"좋습니다, 손님." 주인이 말했다. "그렇다 칩시다. 어쨌든 손님은 단골이니까요. 그리고 손님 말마따나 좋은 혼사에 제가 왜 훼방을 놓겠습니까. 자, 이게 숙녀에게 적합한 물건일 겁니다." 그가 계속 말했다. "이 손거울은 15세기 물건인데 말이죠, 제가 보증해요. 이것은 아주 좋은 수장고에서 나온 겁니다. 그러나 고객 보호를 위해 누군지는 말 못합니다. 친애하는 손님, 그분도 당신과 마찬가지로 아주 유명한 수집가의 조카이며 혼자서 몽땅 상속받았답니다."

주인은 이런 식으로 메마르고 빈정대는 말투로 쭉 말하더니 허리를 굽혀 물건을 집어들었다. 주인이 물건을 집어드는 순간 마크하임은 무슨 충격을 받았는지 손발을 떨었고 일순간 얼굴에 격렬한 감정이 솟구쳤다. 충격은 올 때만큼이나 재빨리 사라졌고, 유일하게 남은 흔적으로 거울을 건네받는 손이 미세하게 떨릴 따름이었다.

"거울." 그가 쉰 소리로 말했다. 그리고 말을 멈추었다가 이번에는 훨씬 또렷하게 반복했다. "거울? 크리스마스 선물로? 그게 말이나 되오?"

"왜 안된다고 생각하십니까?" 주인이 목소리를 높였다. "거울이 왜 안되나요?"

마크하임은 모호하다는 표정으로 그를 바라보았다. "안되는 이유를 나에게 묻는 거요?" 그가 말했다. "아니, 여길 봐요. 들여다봐요. 당신 자신을 보라니까. 당신은 자신을 보고 싶소? 천만에, 나는 아냐. 아니, 어느 누가 보고 싶겠어."

마크하임이 아주 급작스럽게 거울을 주인에게 들이댔기 때문에 자그마한 사내는 펄쩍 뒤로 물러났다. 그러나 손에 쥔 것이 거울일 뿐 더 험악한 게 아니라는 걸 확인하고는 키득거렸다. "손님, 미래의 영부인님을 기쁘게 해드리는 일이 정말 어렵군요." 그가 말했다.

"내가 당신에게 부탁한 건 크리스마스 선물이오." 마크하임이 말했다. "그런데 당신은 이걸 나에게 주었소. 이놈의 것을 보면 나이와 죄지었던 일과 어리석은 일이 생각날 것 아니겠소? 그러니까 양심 손거울 아니오! 혹시 그걸 원한 것 아니오? 꿍꿍이가 있었던 것 아니오? 말해보시오. 말하는 게 당신한테 좋을 거요. 자, 당신이 누구인지 말해보시오. 내 감히 말해보겠소. 당신은 하느님의 자비로운 숨은 일꾼이오?"

가게 주인은 손님을 꼼꼼하게 살펴보았다. 낌새가 수상했으며 웃는 것 같지 않았다. 그의 표정은 간절한 소망의 불꽃 같은 것이지 희희낙락의 불꽃은 아니었다.

"나보고 뭘 말하라는 겁니까?" 상인이 물었다.

"자비로운 일꾼이냐고?" 상대방이 찌푸린 얼굴로 맞받았다. "자비롭지 않고, 독실하지도 않고, 양심도 없고, 사람을 사랑하지도 않고, 사랑을 받지도 않고, 더러운 손으로 돈을 받아 금고에 보관하는 것, 그게 전부요? 젠장, 이봐요, 그게 전부냐고?"

"이 물건이 뭔지 말해주리다." 주인이 좀 까칠한 어투로 말을 시작했다가 갑자기 껄껄 웃었다. "그런데 난 이게 당신의 사랑과 잘 어울리는 물건이라 생각하오. 그리고 당신은 영부인의 건강을 위해 축배를 들겠지요."

"아!" 마크하임의 목소리가 커졌는데, 묘한 호기심이 발동한 말투였다. "아, 당신이 사랑한 적이 있다고? 그걸 이야기해보시오."

주인이 소리쳤다. "내가, 내가 사랑을 해봤다고? 난 한번도 그럴 시간이 없었고, 오늘 이따위 허튼소리를 할 시간도 없어요. 거울을 가져가실 겁니까?"

"급할 게 뭐 있소?" 마크하임이 대답했다. "여기 서서 이야기하니 아주 재미있소. 인생은 너무나 짧고 불안정해 난 즐거운 일이라면 뭐든 빨리 끝내고 싶지 않소. 그렇소, 이런 소소한 재미도 놓치고 싶지 않소. 우리는 벼랑 끝에 매달린 사람처럼 작은 것이라도 붙들 수 있다면 꼭, 꼭 붙들어야 하오. 일초 일초가 벼랑 끝이오. 천 길 만 길 까마득한 절벽 위에 있다고 생각해보시오. 만일 떨어지면 박살이 나서 흔적도 없어지오. 그러니 즐겁게 이야기하며 사는 게 최선이오. 우리 서로에 대해 이야기해봅시다. 왜 우리는 얼굴에 이렇듯 탈을 쓰고 있소? 우리 털어놓고 지냅시다. 혹시 이러다 친구가 될지 누가 아오?"

"한마디만 하겠소." 주인이 말했다. "물건을 사든지, 사지 않으려거든 가게 밖으로 나가주시오."

"그럼, 그래야죠." 마크하임이 말했다. "허튼소리 그만하고 본론으로 돌아갑시다. 다른 걸 보여주시오."

주인이 상체를 굽혀 거울을 선반 위로 되돌려놓으려 할 때, 숱이 적은 금발의 머리카락이 그의 눈을 가렸다. 마크하임은 두꺼운 외투 주머니에 한 손을 찌른 채 가까이 다가갔다. 숨을 크게 들이마셔 허파를 채웠다. 그때 여러가닥의 감정, 그러니까 전율, 공포, 결의, 매혹, 혐오의 표정이 한꺼번에 그의 얼굴을 스쳐갔다. 그리고 거친 윗입술이 말려올라가며 이가 드러났다.

"이 정도면 적당할 거요." 주인이 말했다. 그가 말을 끝내고 일어서려는 순간, 마크하임이 뒤에서 먹잇감을 향해 몸을 날렸다. 꼬챙이 모양의 좀 긴 단검이 번쩍 빛나더니 아래로 향했다. 주인은 암탉처럼 비틀거리다 관자놀이가 선반에 부딪혔고, 풀썩 바닥으로 굴러떨어졌다.

가게 안에는 낮은 소리를 내는 수십개의 시계가 있었다. 그것들의 위대한 세월에 걸맞게 위풍당당하면서 느긋한 소리도 있고, 반대로 급하고 수다스러운 소리도 있었다. 소리들은 섬세하게 어우러진 화음처럼 똑딱거리며 분초를 토해냈다. 그러다 신작로를 달리는 한 청년의 둔중한 발소리가 가게 안으로 들어와 낮은 소리들을 밀어냈을 때 마크하임은 흠칫 정신을 차리고 자신의 처지를 의식했다. 그는 두려운 표정으로 주변을 둘러보았다. 계산대 위에 놓인 촛불이 파고든 바람에 장중하게 흔들거렸다. 그 하잘것없는 움직임으로 인해 방은 소리 하나 없었지만 부산스러운 움직임으로 가득 채워졌고, 마치 바다처럼 들어올려졌다. 키 큰 그림자들이 고개를 끄덕거리고, 커다란 어둠의 덩어리가 숨을 쉴 때마다 부풀어올랐다 가라앉고, 초상화 얼굴들과 도자기 신상들이 물에 비친 그림자처럼 모양이 변하면서 넘실댔다. 내실로 향하는 문이 약간 열려 있었는데, 컴컴한 어둠속으로 한가닥 긴 햇살이 마치 집게손가락처럼 빠끔히 파고들었다.

겁에 질려 사방을 둘러보던 마크하임의 눈은 다시 피살자의 시신으로 돌아왔다. 등을 구부린 채 사지를 쭉 뻗은 시신은 믿기 어려울 정도로 작았고, 살아 있을 때보다 더 추하고 기묘하게 보였다. 초라한 싸구려 옷을 걸치고 저렇게 흉측한 모습으로 누워 있는 주인은 흡사 톱밥 덩어리처럼 보였다. 마크하임은 시신을 보기가 두려웠는데, 그런데 보라! 이것은 아무것도 아니다. 그리하여 그가 물끄러미 바라보니 낡은 옷을 입은 핏덩어리가 커다랗게 목소리를 내기 시작했다. 저건 누워 있는 것이 틀림없다. 저 교활한 관절을 작동시키거나 기적으로 움직이게 할 방법은 없으니, 발견될 때까지 저대로 누워 있을 것이다. 발견된다! 그렇구나. 그럼? 그때가 되면 이 죽은 살덩어리가 범인을 잡아달라고 영국 전역이 쩌렁쩌렁 울리도록 고함을 지르겠지. 그래, 죽었든 살았든 저건 여전히 나의 적이다. '혼백이 나갔으니 죽어야 할 시간이다'[20]라고 그는 생각했다. 그러자 시간이란 단어가 그의 머릿속을 스쳤다. 일이 끝났으니 시간은 살해된 자에게는 종결된 것이고, 살해한 자에겐 긴급하고 중요한 것이 되었다.

여전히 이런 생각을 하고 있을 때, 방 안의 시계들이 차례차례 제각기 다른 속도와 소리로, 어떤 것은 성당 종탑의 종소리처럼 깊은 음으로, 또 어떤 것은 전주곡이나 왈츠보다 세배 높은 고음으로 오후 세시를 알리기 시작했다.

잠자코 있던 방에서 갑자기 온갖 소리가 터져나오자 그는 비틀거렸다. 넘실대는 그림자에 포위된 채 우연히 거울에 비친 영상에 놀라 넋이 나간 상태에서, 그는 촛대를 잡고 앞뒤로 움직이며 중심을 잡으려고 했다. 일부는 국내산이고 일부는 베네찌아산이나 암스테르담산인 화려한 거울들 속에서 그는 자신의 얼굴이 반복적으로 나타나는 걸 보았고, 그것들은 마치 자신을 염탐하는 정보원처럼 보였다. 그의 눈은 자기 자신과 마주쳤고 자기 자신임을 알아차렸다. 사뿐사뿐 걸었는데도 자신의 발소리는 주변의 정적을 깨뜨렸다. 그리고 여전히 주머니에 손을 넣은 채 마음속으로 계획상의 오류가 수천가지나 된다고 짜증스럽게 거듭 자신을 책망했다. 더 조용한 시간을 택했어야 했는데. 알리바이를 준비했어야 했는

20 셰익스피어의 『맥베스』 3장 4절에서 왕의 될 야심에 던컨 왕을 살해한 맥베스가 왕의 유령이 계속 나타나자 혼비백산한 상태에서 한 말이다.

데. 칼은 사용하지 말걸. 더 용의주도하게 준비해 주인을 묶고 재갈만 물릴걸. 그리고 죽이지는 말걸. 아니, 더 대담하게 했어야 했어. 그리고 하인까지 죽여야 했어. 전혀 다르게 처치했어야 했어. 이미 끝난 일을 바꾸고, 이제는 소용없는 계획을 세우며, 돌이킬 수 없는 과거를 새로 구축하느라 사무치게 후회하며 지겹도록 끊임없이 머리를 혹사했다. 이렇게 생각하며 움직이는 동안, 쥐들이 방치한 다락방에서 뛰놀듯, 무시무시한 공포가 머리 저 깊은 곳에서 마구 요동쳤다. 경관의 손이 그의 어깨를 덥석 잡아채자 그는 미늘에 걸린 고기처럼 몸을 움찔거렸고, 구치소, 감방, 교수대, 검은 관이 일렬종대로 빠르게 지나가는 것을 보았다.

거리에 있는 사람들에 대한 공포가 그를 포위하며 마음속으로 밀려들어왔다. 불가능한 일이지만, 격투 소문이 그들의 귀에까지 들려 커다란 호기심을 불러일으켰을지도 모른다고 그는 생각했다. 그러고는 주변의 모든 집에서 사람들이 앉아서 미동도 하지 않은 채 귀를 쫑긋 세우고 있다고 생각했다. 크리스마스를 홀로 지내는 외로운 사람들이 과거의 기억을 더듬고 있다가 깜짝 놀라 달콤한 추억을 멈추고 귀를 기울이며, 행복한 가족파티는 어머니가 여전히 손가락을 든 채로 갑자기 식탁 주변의 침묵 속으로 빠져든다. 지위, 나이, 성향을 불문하고 모두가 난롯가에서 귀를 기울이며 바쁘게 손을 놀려 그의 목에 걸 튼튼한 끈을 꼬고 있다. 가끔 아무리 살금살금 걸어도 소용없다는 생각이 들었다. 커다란 보헤미아산 술잔들이 방울처럼 요란하게 쨍그랑 소리를 냈다. 그는 째깍째깍

하는 초침소리에 놀란 나머지 시계추를 잡아 멈추게 하고 싶었다. 그러다 이번에는 공포의 원인이 재빠르게 바뀌어 장소의 적막이 위험요인으로, 즉 행인의 주의를 끌어서 발을 멈추게 할 요인으로 보였다. 그래서 그는 발걸음을 더 대담하게 하고, 가게의 물건 사이로 부산하게 움직이며 큰 소리를 내고, 자기 집에서 마음놓고 바지런히 움직이는 사람들의 움직임을 용의주도하게 모방하는 허세를 부렸다.

그러나 그는 지금 또다른 두려움에 사로잡혔다. 그의 마음 한 부분은 여전히 용의주도하고 기민했지만, 다른 부분은 떨려 미칠 지경이었다. 특히 그의 마음은 어떤 강렬한 환영에 붙잡혀 있었다. 백지장같이 창백한 얼굴로 창문 옆에 귀를 대고 있는 이웃 사람, 길을 가다가 끔찍한 생각이 들어 발을 멈춘 행인, 최악의 경우 이들이 의심할 수야 있겠지만 사실을 알 수는 없으리라. 왜냐하면 벽돌담과 덧문 닫힌 창문으로 새어나갈 수 있는 건 소리뿐이니까. 그런데 이 집에는 그 혼자 있는 건가? 그는 자기 혼자 있다는 걸 안다. 그는 하녀가 가진 옷 중 초라하지만 가장 좋은 옷을 입고 애인 만나러 나가는 걸 보았는데, 리본과 미소에 "오늘 외출합니다"라고 쓰여 있는 것 같았다. 그럼, 당연히 나 혼자 있지. 그런데 넓고 텅 빈 집 이층에서 들려오는 가느다란 소리는 발걸음 소리가 확실하다. 그는 설명할 수는 없지만 분명 누군가 집에 있다고 생각했다. 맞아, 확실해. 그의 상상력은 그 소리를 따라 방 하나하나, 집 구석구석을 뒤졌다. 그것은 얼굴 없는 존재이지만, 눈이 있어 쳐다보고 있었다. 하지만 이번에도 그것은 자신의 그림자였다. 그리고 이번에도 그가 본 것은 이미 죽은 주인, 교활함과 증오의 기억으로 되살아난 주인의 모습이었다.

가끔씩 그는 젖 먹던 힘까지 짜내 열려 있는 문을 힐끗 보았지만, 그 문은 여전히 그의 시선에 반발하는 것 같았다. 집은 높았고, 채광창은 좁고 더러웠다. 안개로 앞이 보이지 않는 날이었다. 채광창을 통과해 일층까지 내려온 빛은 희붐했고, 이로 인해 가게 문지방이 흐릿해 보였다. 그런데 그 미덥지 못한 한줄기 빛 사이로 어떤 그림자가 허공에서 흔들리고 있는 게 아닌가?

갑자기 바깥쪽 거리에서 아주 쾌활한 성격의 신사가 가게문을 지팡이로 두드리기 시작했다. 신사는 주인의 이름을 계속 부르며 고함치고 야유하면서 문을 두드렸다. 마크하임은 오싹한 한기를 느껴 죽은 자를 힐끗 바라보았다. 아니야! 꼼짝도 않는걸. 저자는 이런 두드림과 고함소리가 전혀 들리지 않는 저 먼 곳으로 갔어. 저자는 침묵의 바다 아래로 가라앉았어. 폭풍이 몰아치는 날 그의 이름을 듣고 한번쯤은 주목했을 테지만, 이제 저 이름은 공허한 메아리일 따름이지. 그 쾌활한 신사는 곧 단념하고 가버렸다.

이때 그가 해야 할 일들이 또렷하게 떠올랐다. 남은 일을 빨리 해치운 뒤 이 저주받은 지역에서 빠져나와 런던의 군중 속으로 풍덩 뛰어들어야 하고, 밤에 안전하며 죄와 상관없어 보이는 저 피난처, 즉 자신의 침대로 가야 한다. 한사람이 찾아왔다가 되돌아갔다. 언제라도 또 누가 와서 이번에 더 끈덕지게 문을 열라고 할지 모른다. 일을 끝내고도 수익을 챙기지 못하면 끔찍한 재앙이다. 지금 마크하임의 관심은 돈이고, 그것에 이를 수단인 열쇠이다.

그는 열린 문을 어깨 너머로 힐끗 보았는데, 거기엔 아직도 그림자가 떨면서 서성거리고 있었다. 그는 별다른 혐오감 없이, 그러나 사지를 떨면서 피살자의 시신 쪽으로 다가갔다. 살아 있다는 흔적은 완전히 사라졌다. 왕겨를 반쯤 채운 양복 입은 마네킹처럼 몸을 구부리고 바닥에 사지를 뻗은 채 누워 있었다. 그래도 그는 그것을 만질 수 없었다. 눈에는 더럽고 하찮게 보여도 건드리면 사달이 날 것 같았다. 그는 시신의 어깨를 붙잡고 돌려 반듯하게 눕혔다. 시체는 생각과 달리 가볍고 유들유들했다. 마치 부러진 것처럼 보이는 사지는 아주 기묘한 자세가 되었다. 얼굴은 아무런 표정도 없었다. 그러나 밀랍처럼 창백했고, 한쪽 관자놀이 주위가 피로 얼룩져 끔찍해 보였다. 마크하임에게는 그것이 유일하게 불쾌한 점이었다. 그것을 보자마자 그는 과거의 어느 장날 어촌을 찾아갔던 때가 떠올랐다. 흐린 날, 거세게 부는 바람, 거리에 넘치는 인파, 귀를 찢는 나팔소리, 요란한 북소리, 발라드 가수의 코맹맹이 소리, 어른들 틈에 휩쓸려 흥미 반 두려움 반으로 이리저리 돌아다니는 한 소년, 그는 마침내 장터 한가운데까지 나아가게 되고, 칸막이 안에서 서투른 솜씨로 그린 화려한 색깔의 그림들이 붙어 있는 대형 화면을 본다. 그 그림들은 조무사와 함께 있는 브라운리그, 살해할 고객과 함께 있는 매닝 부부, 서틀에게 목이 졸린 위어, 그밖에도 수십가지의 악명 높은 범죄들을 그린 것이었다.[21] 그것이 환영 속에서처럼 또렷이 보였다. 그는 다시 한번 그때의 어린 소년이 되었다. 다시 한번 그때처럼 온몸으로 혐오감을 느끼며 그 사악한 그림들을 보았다. 둔탁한 드럼 소리가 그때처럼 귀를 먹먹하게 했다. 그날 들었던 음악의 한 소절이 기억 속에서 되살아났다. 그러자 처음으로 정신이 아찔해지며 속이 메슥거렸고 갑자기 관절에서 힘이 빠져나갔다. 그는 이 느낌을 즉각 떨쳐버려야 했다.

그는 이런 생각들로부터 도망가기보다 맞서는 것이, 즉 더욱 비정한 눈초리로 죽은 자의 얼굴을 노려보며 자신이 막중한 범죄를 저질렀음을 깨닫고 마음을 다잡는 것이 더 현명한 일이라고 판단했다. 조금 전까지도 저 얼굴은 온갖 감정의 변화를 담아 움직였고, 저 창백한 입술은 말을 했으며, 저 육신은 자기 뜻대로 힘차게 움직였다. 시계수리공이 손가락을 넣어 시계추의 동작을 중단시킨 것처럼, 지금 그로 말미암아 저자의 생명은 끝났다. 그래서 그는 되지도 않게 자신을 설득했다. 지금보다 더 후회막급인 상황에 빠질 일은 없을 거야. 물감으로 그린 살인자들 모습 앞에서 몸서리쳤던 바로 그 심장은 지금 목전의 현실을 무감각하게 바라보고 있다. 그는 세상을 마법의 정원으로 만들 모든 능력을 갖고 태어났지만 이제 허사가 돼버린 자에 대해, 제대로 살아보지도 못하고 지금은 죽

---

21 모두 당시의 살인사건이다. 런던의 산파 브라운리그는 1767년 조무사를 고문하여 살해했으며, 철도노동자였던 매닝과 그의 아내 마리는 1849년 돈을 노려 친구를 초대해 살해하고 시신을 석회로 덮어버렸다. 서틀은 1823년 친구인 위어와 노름해 돈을 잃게 되자 잠복했다가 그를 목 졸라 살해하고 시신을 하수구에 버렸다.

어버린 자에 대해 기껏해야 일말의 불쌍함만 느낄 따름이었다. 그러나 뉘우침 따위는 전혀, 조금도 없었다.

이렇게 해서 불안한 생각들을 떨쳐낸 그는 열쇠를 찾은 다음 열려 있는 가게문 쪽으로 갔다. 밖에는 비가 세차게 퍼붓기 시작했다. 그러자 지붕에 떨어지는 소낙비 소리에 적막이 묻혀버렸다. 물이 똑똑 떨어지는 동굴처럼 방은 빗소리로 인해 끊임없이 울렸는데, 그 소리는 귀청을 때리며 시계의 초침소리와 섞였다. 그런데 문 가까이 가면서 마크하임은 조심스러운 자신의 발걸음에 맞춰 또다른 발걸음이 계단 위쪽으로 물러나는 소리를 들은 것 같았다. 그림자는 아직도 문지방에서 정신없이 펄럭거렸다. 그는 온몸에 단단히 힘을 주고 문을 열어젖혔다.

희뿌연 햇빛이 아무것도 깔지 않은 바닥과 계단 위에서, 손으로 미늘창을 잡고 있는 밝은 색깔의 갑옷 위에서, 계단 층계참에서, 어두운색의 목각품과 액자에 넣어 누런 징두리 판벽에 걸어놓은 그림 위에서 희미하게 아른거렸다. 집 안까지 들이닥친 빗소리는 아주 요란했지만, 조금 지나 마크하임의 귀는 그 속에서 다양한 소리를 구별하기 시작했다. 발걸음 소리와 한숨 소리, 멀리서 행군하는 연대의 발소리, 동전 계산할 때의 쨍그랑 소리, 문이 살며시 열릴 때 삐걱대는 소리, 이 모두가 지붕의 둥근 돔을 때리는 빗소리 및 연통을 타고 내려오는 물소리와 섞여 있는 것 같았다. 집에 혼자만 있는 게 아니라는 느낌이 점점 커져가자 그는 거의 미칠 것 같았다. 사방에서 그를 에워싸며 따라오는 것들이 있었다. 그것들이 이층의 이 방 저 방에서 움직이는 소리가 들렸다. 가게 쪽에서 죽은 자가 일어나는 소리가 들렸다. 있는 힘을 다 짜내 계단을 올라가자 자기 앞에서 발걸음이 조용히 사라졌다가 뒤에서 살금살금 따라왔다. 그는 생각했다. '차라리 귀머거리라면 내 영혼을 평온하게 유지할 수 있을 텐데!' 그런 후 소리를 찾아 새로 귀를 기울이니 감각이 점점 더 또렷해졌다. 그는 자기 삶의 전초기지이자 항상 믿음직한 초병 역할을 하는 이런 감각을 가져서 무척 다행이라고 생각했다. 그는 계속해서 고개를 두리번거렸다. 마치 튀어나올 것 같은 눈으로 사방을 샅샅이 훑었는데, 사방에서 이름 없이 사라진 어떤 흔적을 발견함으로써 절반쯤은 성과가 있었다 이층까지 스물네개의 계단은 스물네번의 고통이었다.

이층에는 방문 셋이 복병처럼 약간 열린 채 서 있었는데, 대포구멍처럼 그의 신경을 흔들었다. 지금처럼 감시의 눈으로부터 차단되고 격리될 수는 없을 거라고 그는 느꼈다. 그럼에도 불구하고 그는 집으로 돌아가 사방이 벽으로 둘러싸인 방에서 이불을 뒤집어쓴 채로 하느님을 제외하고는 누구에게도 보이지 않았으면 싶었다. 하느님을 생각하는 순간 그는 다른 살인자들에 관한 이야기들, 즉 그들이 하늘에 계신 인과응보의 신에 대해 두려움을 느꼈다는 소문이 생각났고, 약간 의아한 생각이 들었다. 적어도 그는 그렇지 않았다. 그는 자연의 법률이 두려웠는데, 그 냉혹한 불변의 과정에서 자신이 저지른 범죄의 확실한 증거가 남을까봐서였다. 그는 인간 경험의 지속성의 단절, 즉 자연의 어떤 악의적 위법행위가 열배

나 두려웠고, 그 앞에서 노예처럼 벌벌 기었다. 그는 규칙에 입각해서 두뇌게임을 했고 원인에서 결과를 추론했다. 그런데 만일 게임에 진 폭군이 장기판을 엎어버리듯, 자연이 인과법칙을 위반하면 어떻게 되는가? 그런 일이 나뽈레옹에게 일어났는데, (작가들의 말에 따르면) 그해 겨울은 시간을 바꿔서 찾아왔다고 한다.[22] 그런 일이 마크하임에게도 일어날 수 있으리라. 견고한 벽이 투명해지고 그의 움직임이 유리 벌통의 벌처럼 모조리 드러날 수도 있으리라. 발밑의 단단한 널빤지가 늪의 모래처럼 내려앉아 꼼짝달싹 못하게 될지도 몰라. 아니, 이런 것보다 더 현실적인 사고가 생겨 자신을 파괴할지도 모르지. 예를 들면 집이 폭삭 무너져 시신 옆에서 꼼짝도 못하게 되거나, 옆집에 불이 나 소방관들이 사방에서 자신을 향해 달려드는 사고 말이다. 그는 이런 일들이 두려웠다. 그리고 어떤 의미에서 이런 것들은 죄를 벌하는 하느님의 역사役事라 할 수 있을 것이다. 그런데 그는 하느님 당신에 대해서는 걱정하지 않았다. 그의 행위는 말할 것도 없이 예외적인 것이었고, 그의 해명도 예외적인 것이었지만 하느님께서는 알고 계시기 때문이었다. 그는 정의가 반드시 존재한다고 여겼는데, 이는 인간들 사이에서가 아니라 하느님 앞에서였다.

거실로 들어가니 안심이 되었고 문을 닫자 위험에서 벗어났다

---

22 19세기 비평가 윌리엄 헤이즐릿(William Hazlitt)이 쓴 『나뽈레옹 보나빠르뜨의 생애』(*The Life of Napoleon Buonaparte*, 1875)에 따르면, 겨울이 2주나 일찍 온 탓으로 모스끄바에서 철수하던 나뽈레옹의 군대는 참혹한 피해를 입었다고 한다.

는 걸 깨달았다. 방은 비품이 싹 치워진데다 카펫이 깔려 있지 않았고, 포장상자들과 짝이 맞지 않는 가구가 나뒹굴고 있었다. 커다란 체경이 여러개 있어서 무대에 선 배우처럼 그는 자신을 여러 각도에서 비춰보았다. 많은 그림들이 일부는 틀에 끼워져 있고 일부는 끼워지지 않은 채 벽을 향하도록 세워져 있었다. 셰라턴 풍의 고급 찬장, 상감세공의 보관장, 융단 커튼을 단 오래된 대형침대 등이 있었다. 창문은 바닥까지 열려 있었다. 그러나 천만다행으로 덧문의 아랫부분이 닫혀 있어서 이웃의 시선으로부터 그가 가려질 수 있었다. 이제 마크하임은 보관장 앞에 있는 한 포장상자를 치우고 나서 맞는 열쇠를 찾기 시작했다. 열쇠가 많았기 때문에 시간이 오래 걸리는 일이었다. 게다가 짜증나는 일이기도 했는데, 보관장 안이 비어 있을 수도 있는데다 시간이 빠르게 지나가고 있었기 때문이다. 그러나 일이 끝난다고 생각하니 마음이 진정되었다. 옆눈으로 문을 보다가 마치 포위당한 상황에서도 자기 진영의 훌륭한 방비상태를 확인하고 흡족해하는 사령관처럼 가끔은 똑바로 문을 바라보기도 했다. 그런데 그는 진실로 마음이 편안했다. 바깥거리에서 비 오는 소리가 자연스럽고 유쾌하게 들렸다. 조금 후 다른 방향에서 피아노 반주에 맞춰 찬송가가 시작되었고, 수많은 아이들이 찬송을 했다. 그 곡조는 얼마나 장엄하고 얼마나 화평한가! 아이들 목소리는 얼마나 신선한가! 맞는 열쇠를 찾는 동안 마크하임은 그 소리에 귀를 기울이면서 미소를 지었다. 찬송가 소리에 걸맞은 생각과 이미지가 떠올랐다. 교회 가는 아이들과 하이 오르간의 쩌렁쩌렁한 울림, 들판에서 뛰노는 아이들과 개울가에서 멱 감는 사람들, 가시덤불 공유지를 덮고 있는 덩굴장미, 바람 불고 구름 흘러가는 하늘로 연을 날리는 사람들. 그러다가 찬송가 가락이 바뀌자 생각이 다시 교회로 되돌아갔고, 여름날 일요일의 나른함, 목사의 높고 부드러운 목소리(그는 회상하면서 슬며시 미소를 지었다), 그리고 제임스 1세 시대의 채색한 무덤들, 그리고 강단에 새겨진 십계명의 거무튀튀한 글자들이 떠올랐다.

이렇게 바쁘기도 하고 멍하기도 한 채 앉아 있던 그가 깜짝 놀라 자리에서 일어났다. 한줄기 찬 기운, 한줄기 뜨거움, 갑작스러운 피의 솟구침이 그를 덮쳤고, 다음 순간 그는 얼어붙은 채 벌벌 떨었다. 느긋하고 차분히 계단을 올라오는 발걸음 소리가 들렸고, 곧바로 문고리에 손이 닿더니 자물쇠가 돌아가고 문이 열렸다.

공포가 마크하임을 짓눌렀다. 이것이 무엇인지, 죽은 자가 걷는 것인지, 이승세계의 정의의 집행관인지, 혹은 그를 교수대로 보내기 위해 무턱대고 들어온 우연한 목격자인지 짐작할 수 없었다. 그러나 어떤 얼굴이 약간 벌어진 문틈으로 쑥 들어오더니 방을 이리저리 훑어보고 그를 쳐다보며 친한 사람을 만난 것처럼 고개를 까닥하고 미소를 지었다. 그런 다음 다시 나갔다. 문이 닫히자 꾹꾹 눌렀던 두려움이 터지면서 그는 가위 눌린 소리를 내뱉었다. 그 소리에 방문객이 되돌아왔다.

"절 불렀나요?" 그가 쾌활한 목소리로 물었다. 그리고 안으로 들어와서 방문을 닫았다.

마크하임은 선 채로 그를 뚫어지게 바라보았다. 아마 눈에 막이 끼어 있어서인지, 낯선 사람의 형상이 가게에서 본 흔들리는 촛불 속의 형상들처럼 모습이 바뀌고 흔들리는 것 같았다. 그러다 언뜻 자신이 아는 사람이라는 생각이 들었다. 동시에 자신과 닮았다는 생각도 들었다. 그러면서도 이자는 지상의 존재도 천상의 존재도 아니라는 확신이 무거운 추처럼 내내 가슴을 짓눌렀고, 그를 가위 눌리게 했다.

그런데 이자는 묘하게도 평범해 보였고, 미소를 띠고 서서 마크하임을 바라보았다. 그러다 "돈 찾는 중이죠, 맞죠?"라고 했는데 평범하고 공손한 어투였다.

마크하임은 대답하지 않았다.

"미리 주의를 드립니다." 상대방이 다시 말을 꺼냈다. "하녀가 평소보다 일찍 애인하고 헤어져 곧 이리로 올 겁니다. 만일 마크하임 씨가 집에 있는 걸 발견한다면, 그 결과가 어찌 될지 제가 말할 필요는 없겠지요."

"날 아시나요?" 살인자가 소리를 질렀다.

방문객이 미소를 지었다. "나는 오랫동안 당신을 좋아했지요." 그가 말했다. "그리고 오랫동안 당신을 관찰하면서 종종 도와주려 했지요."

"당신의 정체가 뭔가요?" 마크하임이 목소리를 높였다. "악마?"

상대방이 대답했다. "내가 누군지는 내가 당신을 돕는 일에 아무 쓸모도 없어요."

"있어요." 마크하임이 목소리를 높였다. "있다고요! 당신에게 도움을 받는다고? 천만에, 절대 안 받아! 당신이 왜 돕나요? 당신은 아직 날 몰라요. 고맙게도 당신은 날 몰라요!"

"난 당신을 알아요." 방문객이 대답했는데, 냉엄한 말투, 아니면 다소 단호함에 가까운 말투였다. "난 당신의 영혼까지 알아요."

"날 안다고요!" 마크하임이 소리 질렀다. "누가 날 알 수 있나요? 내 인생은 가짜고, 나 자신에 대한 모독일 뿐이에요. 이제까지 내 본성을 속이며 살았어요. 모든 사람이 그렇게 살아요. 그들은 갈수록 증가하고 그들을 억누르는 이런 가면보다는 나아요. 살인청부업자에게 잡혀 망또에 싸인 사람처럼 인생에 질질 끌려가는 모습을 당신도 보잖아요. 그들이 자기 뜻대로 산다면, 당신이 그들의 얼굴을 보게 된다면, 그들은 전혀 다른 사람이 되어서 영웅이나 성자처럼 광채가 날걸요. 내 경우는 최악이에요. 나 자신은 남보다 더 억눌린 채 살았어요. 하느님과 나만 나의 이유를 알고 있어요. 하지만 나에게 시간이 있다면 나 자신을 드러내 보일 수 있어요."

"나에게요?" 방문객이 물었다.

"누구보다 먼저 당신에게." 살인자가 말했다. "당신은 이해할 것 같군요. 내가 보니까 당신은 태어날 때부터 다른 사람 마음을 읽을 수 있어요. 그런데 내 행동으로 날 판단하려 들다니! 내 행동을 생각해보세요! 나는 거인들 나라에서 태어났고 여태까지 여기서 살았어요. 모친의 몸에서 세상 밖으로 나온 이후 줄곧 거인들이 내 손목을 잡아끌었어요. 현실의 거인들이 말이에요. 그런데도 당신은 내 행동으로 날 판단하려고 했어요! 당신은 내 속을 들여다볼 수 있지 않나요? 내가 사악한 짓을 싫어한다는 걸 알 수 있지 않나요? 내 내면에 또렷하게 새겨진 양심의 글자를 보지 못하나요? 비록 아주 자주는 거들떠보지 못했지만, 몹쓸 궤변으로 그걸 지운 적은 없었어요. 당신은 내가 인간으로서 평범한 존재일 수밖에 없음을, 즉 본의 아니게 죄인이 될 수밖에 없음을 읽을 수 없나요?"

"참 실감나는 말씀입니다." 그가 대답했다. "그러나 저완 상관없는 이야기예요. 당신이 표리부동한 사람이든 아니든 그건 제 알 바 아니고, 또한 본의와 달리 당신의 인생이 어그러지게 된 연유가 뭔지, 또는 당신이 가고 있는 방향이 바른지 그른지에 대해 저는 전혀 관심이 없어요. 그런데 시간은 쏜살같이 흘러가는군요. 하녀가 사람들의 얼굴을 쳐다보고 광고판 그림들을 구경하느라 꾸물대고 있지만 조금씩 가까이 다가오고 있어요. 생각해봐요. 이는 교수대가 크리스마스의 거리를 지나 당신을 향해 성큼성큼 걸어오는 것이나 마찬가지예요. 제가 도와줄까요? 모든 걸 알고 있는 제가 말이에요. 돈이 있는 곳을 말해드릴까요?"

"댓가가 무엇이오?" 마크하임이 물었다.

"제가 당신께 드리는 크리스마스 선물입니다." 상대방이 말을 받았다.

마크하임은 일종의 쓰라린 승리감을 느껴서 미소짓지 않을 수 없었다. "아니요." 그가 말했다. "당신한테서 아무것도 받지 않겠소. 내가 목말라 죽어가고 당신이 내 입술에 주전자를 갖다대더라도, 나는 있는 힘을 다해 거부할 거요. 멍청한 일인지 모르겠지만, 나 자신이 사악한 일을 저지르도록 할 수는 없소."

"나는 임종의 순간에 회개하는 데 반대하지 않아요." 방문객이 말했다.

"당신은 그 효력을 믿지 않으니까!" 마크하임이 큰 소리로 말했다.

"그런 말이 아닙니다." 상대방이 말을 받았다. "나는 이런 일들을 다른 각도에서 봅니다. 그래서 난 생명이 다한 사람에게 관심이 없어요. 그런 사람도 당신처럼 욕망에 이끌려 어쩔 수 없이 지금까지 나를 경배하며, 종교의 허울 아래 심각한 표정을 짓고 다니고, 밀밭에 가라지를 심으며 살았지요.[23] 구원의 시간이 코앞에 닥치니 그가 할 수 있는 일은 나를 다시 한번 경배하는 것이지요. 무슨 말인가 하면, 회개하고 미소를 지으며 죽음으로써 살아남은 추종자 가운데서 가장 소심한 자들에게 자신감과 희망을 심어주는 것이지요. 나는 그렇게 모진 주인이 아니오. 내 말을 들어보시오. 내 도움을 받아요. 지금까지 했던 것처럼 당신 좋을 대로 사시오. 지금보다 더 낫게 살고, 풍성한 식탁에서 팔을 벌리며 즐기시오. 내 말대로 하면 당신은 지금보다 더 큰 안식을 누릴 터이니, 밤이 되어 커튼을 내릴 때 양심과의 싸움에서 타협하는 일이나 하느님께 복종하여 평화를 얻는 일이 쉬워질 것이오. 내가 막 그런 임종의 자리

---

23 마태복음 13장 24~25절, 38~39절에 각각 "천국은 좋은 씨를 제 밭에 뿌린 사람과 같으니 사람들이 잘 때에 그 원수가 와서 곡식 가운데 가라지를 덧뿌리고 갔더니"와 "가라지는 악한 자의 아들들이요 가라지를 뿌린 원수는 마귀요"라는 구절이 있다. 예수가 가라지를 악한 것의 비유로 들고 있다.

에 갔다 왔지요. 방에 빼곡하게 들어찬 사람들은 모두 진정으로 슬퍼하면서 그 사람의 마지막 유언을 듣고 있었죠. 내가 보니 자비라곤 전혀 없는 냉혹한 얼굴인데, 그 얼굴이 희망으로 빙그레 미소를 띠더군요."

"그래서 당신은 나를 그런 부류의 인간이라 생각하는 거요?" 마크하임이 물었다. "기껏해야 죄짓고, 또 죄짓고, 또 죄짓다가 최후의 순간 천국에 몰래 들어갈 마음뿐이고, 고결한 열정 따윈 없는 놈이라는 거요? 당신 생각 때문에 울화가 치미는군요. 그러니까 당신의 인간 경험이 고작 이거요? 아니면 피 묻은 내 손을 보고 내가 아주 비열한 놈이라고 단정하는 거요? 이 살인이 양심을 뿌리까지 고갈시킬 정도로 불경스러운 범죄인가요?"

"나에겐 살인이라고 해서 별반 다르지 않소." 상대방이 말했다. "모든 죄는 살인이오. 모든 삶이 전쟁이듯이 말이오. 나는 당신들 종족이 뗏목 위에서 며칠 굶은 뱃사람들처럼 굶주린 사람의 손에서 빵부스러기를 빼앗고, 다른 사람의 생명을 잡아먹고 사는 것을 보았소. 나는 죄의 결과가 어떻게 되는지 계속 따라가보았고, 죄의 끝이 사망이라는 걸 알았소. 무도회에 가는 문제로 엄마의 뜻을 우아하게 좌절시키는 아리따운 처녀인데도 당신 같은 살인자와 마찬가지로 손에서 인간의 선혈이 뚝뚝 떨어지는 걸 난 본다오. 내가 죄를 끝까지 따라가본다고 말했나요? 나는 덕성스러운 인생도 따라가보았소. 둘 사이의 차이는 손톱 두께만큼도 되지 않소. 저승사자에게는 둘 다 사망의 곡식을 거두는 낫이지요. 내 삶의 목적은 사악이고, 사악함은 행동 속이 아니라 사람 안에 있소. 나에게 중요한 건 악한 사람이지 악한 행동이 아니오. 악행이 대대로 내려가면서 충분히 그 열매를 맺을 때까지 추적할 수 있다면, 우리는 아주 희귀한 덕행의 경우보다 오히려 더 큰 복을 발견할 수도 있을 거요. 내가 당신에게 어서 도망가라고 권유하는 것은 당신이 가게 주인을 죽여서가 아니라, 당신이 마크하임이기 때문이오."

"내 심정을 당신에게 모두 털어놓겠습니다." 마크하임이 대답했다. "당신이 목격한 이 범행은 내 마지막 범행입니다. 이 일을 저지르면서 많은 걸 배웠습니다. 이번 일 자체는 수업, 아주 중요한 수업입니다. 지금까지 나는 하고 싶지 않은 일에 저항하면서도 그걸 하지 않을 수 없었어요. 나는 궁핍의 노예로 고통에 허덕이며 쫓겨 다녔어요. 이런 유혹을 견딜 수 있을 만큼 덕성이 높은 분도 있지요. 물론 나는 그렇지 못합니다. 나는 쾌락을 갈망했어요. 그러나 오늘 바로 이 행위로 말미암아 나는 경고와 마음의 양식을 모두 얻었어요. 이 모두는 나 자신에게로 돌아갈 힘이 되고 새로운 결심이 될 겁니다. 나는 세상의 모든 일에서 내 뜻대로 행동할 겁니다. 나는 자신이 완전히 바뀌는 걸, 내 손이 선량한 일꾼으로 변하는 걸, 내 마음이 편안해지는 걸 느끼기 시작했어요. 과거의 한 장면이 나에게 다가오고 있군요. 안식일 저녁 교회 오르간 소리를 들으며 꿈꾸던 모습, 고매한 서적을 읽다가 눈물을 흘릴 때 또는 순진했던 어린 시절 엄마와 이야기할 때 내가 그렸던 미래의 모습 같은 것 말입니다. 내 삶은 거기에 있어요. 몇년간 방황했지만, 이제 내가 가야만 하는 도시가 또다시 보이는군요."

"내 생각이지만 당신은 이 돈을 증권투자에 쓰려고 하오?" 방문객이 말했다. "내가 틀리지 않다면 당신은 이미 수천 파운드의 손실을 보았는데, 안 그렇소?"

"아." 마크하임이 말했다. "하지만 이번에 나는 확실한 것을 가지고 있어요."

"이번에도 당신은 손해를 볼 거요." 방문객이 조용히 대답했다.

"아, 그러나 절반은 건질 겁니다!" 마크하임이 소리쳤다.

"그 절반마저 날려버릴 거요." 상대방이 말했다.

마크하임의 이마에서는 진땀이 흐르기 시작했다. "그렇다고 문제가 될 게 뭐 있나요?" 그가 고함을 질렀다. "날린다 치자고요. 다시 가난에 빠진다 치자고요. 그러면 나의 분신, 그것도 사악한 분신이 선한 분신을 마지막 날까지 계속 유린할까요? 내 속에는 선과 악이 강렬히 날뛰면서 양쪽 모두 날 부르고 있어요. 나는 어느하나만을 사랑하지 않아요. 둘 다 사랑해요. 나는 위대한 행위, 즉 금욕과 순교를 마음에 품을 수 있어요. 비록 살인이라는 죄를 짓고 나락에 떨어졌어도 내 마음속의 동정심이 사라진 건 아니에요. 난 가난한 사람들을 동정합니다. 그들의 고난을 나만큼 아는 사람이 누가 있겠어요? 나는 그들을 불쌍히 여기며 돕습니다. 나는 사랑을 제일로 치고, 정직한 웃음을 사랑합니다. 세상에 선량하고 진실한 것치고 내가 마음속으로 사랑하지 않는 것은 없어요. 내 인생을 좌지우지하는 건 오로지 악덕이고, 내 도덕은 나무토막처럼 일없이 누워만 있는 줄 아시나요? 아닙니다. 선량함 역시 내 행동의 한 근간입니다."

그러나 방문객은 빈정거리듯 손가락 하나를 치켜들고 말했다. "삼십년하고도 육년 동안 당신은 세상을 살면서 숱한 부침과 우여곡절을 겪었는데, 내가 지켜본 결과 당신은 계속 하향세였소. 십오년 전의 당신이라면 절도라는 말만 들어도 깜짝 놀랐을 거요. 삼년 전의 당신이라면 살인자로 거명만 되어도 실색을 했을 거요. 당신이 겁먹고 물러서는 그런 잔인하고 비열한 범죄가 지금도 있나요? 난 오년 후 당신이 처할 현실을 알 수 있소! 나락으로, 나락으로 당신은 떨어질 거요. 당신을 중단시킬 수 있는 건 죽음밖에 없소."

"그렇습니다." 마크하임이 쉰 목소리로 말했다. "나는 지금까지 어느정도 악마에게 순응하며 살았지요. 하지만 모두들 그렇게 삽니다. 성자라도 이 세상에서 살다보면 고상하게는 못 살고 주변 물이 들 겁니다."

"당신에게 간단한 질문 하나 하리다." 상대방이 말했다. "당신의 대답을 듣고 내가 당신 도덕의 운세를 읽어주겠소. 당신은 여러 면에서 점점 해이해졌어요. 아마 그렇더라도 괜찮겠지요. 그리고 어쨌든 다른 사람들도 다 마찬가지긴 하오. 그건 그렇다 하더라도 당신 자신의 행동에 대해 단 한가지, 아무리 사소한 것일지라도 자신이 한 일이 마음에 든 적이 있나요? 아니면 매사에 자신에 대한 통제력이 점점 과거만 못하나요?"

"한가지?" 마크하임이 말을 되풀이했는데, 생각이 안 나 고통스

러운 표정이었다. "없습니다." 그가 절망적으로 덧붙였다. "한가지
도 없어요. 난 매사가 내리막길이었어요."

"그럼." 방문객이 말했다. "현재 상태에 만족하시오. 당신은 결
코 변하지 않을 거요. 이 무대에서 당신이 맡은 대사는 이미 쓰였
고 되돌릴 수 없소."

마크하임은 오랫동안 말없이 서 있었다. 먼저 침묵을 깬 자는 방
문객이었다. "사실이 그렇소." 그가 말했다. "돈이 있는 곳을 보여
드릴까요?"

"그러면 은총은?" 마크하임이 큰 소리로 말했다.

"이미 시도해보지 않았나요?" 상대방이 답변했다. "이삼년 전
당신이 부흥회 연단 위에 있는 걸 봤는데, 그때 당신의 찬송 소리
가 제일 우렁차지 않았나요?

"맞아요." 마크하임이 말했다. "그리고 내가 이제부터 해야 할
임무를 명확히 알게 되었습니다. 나에게 이런 가르침을 준 것에 대
해 영혼으로부터 감사를 표합니다. 내 눈에 씐 콩깍지가 떨어졌고,
마침내 나 자신을 있는 그대로 보게 되었습니다."

이 순간 날카로운 초인종 소리가 집 전체에 울려퍼졌다. 그러자
방문객은 그 소리가 마치 자신이 합의하고 기다리던 신호이기라도
한 양 곧바로 태도를 바꾸었다.

"하녀요!" 그가 큰 소리로 말했다. "내가 당신에게 이미 경고한
대로 그녀가 돌아왔소. 이제 당신 앞에 더 어려운 과제가 하나 생
겼군요. 당신은 반드시 그녀에게 주인이 아프다고 말해야 하오. 반

드시 당당하게, 그렇지만 진지한 표정으로 그녀를 집 안으로 들이시오. 웃거나 과민반응하면 안되오. 당신은 분명 성공할 거요! 하녀가 들어와서 문을 닫자마자 주인을 처리했던 그 민첩한 솜씨로 당신 앞날의 마지막 위험요인을 제거하시오. 그때부턴 저녁 내내, 필요하면 밤새도록 안전이 보장된 상태에서 집에 있는 보물을 뒤질 수 있소. 내 제안이 겉으론 위험해 보이지만 실은 당신을 돕는 것이오. 어서!" 그가 큰 소리로 말했다. "어서, 친구. 당신의 생명이 위태롭게 흔들리고 있소. 어서 행동하시오!"

마크하임은 조언자를 뚫어지게 바라보다가 말했다. "내가 저주를 받아 사악한 짓을 할 운명이라손 치더라도 나를 자유롭게 할 문이 아직 하나 열려 있어요. 즉 그런 짓을 하지 않을 수 있다는 말이죠. 내 삶이 병든 것이라면 난 내려놓을 수 있어요. 난 당신 말마따나 온갖 작은 유혹에 이끌려 살아왔지만 한번의 단호한 결단으로 이 모든 걸 벗어던질 수 있어요. 선에 대한 내 사랑은 결국 메말라 버렸어요. 아마 그럴 겁니다. 그러니 어쩔 수 없어요! 하지만 나는 여전히 악을 혐오하고 있어요. 당신은 실망으로 속이 쓰라리겠지만, 내가 이 악에 대한 혐오로부터 힘과 용기를 얻을 수 있다는 걸 당신에게 보여주겠소."

방문객의 얼굴이 경이와 사랑의 표정으로 바뀌기 시작했다. 따뜻한 승리의 느낌으로 얼굴이 환해지고 부드러워졌다. 그리고 환하게 밝아지고 윤곽이 희미해지면서 형체가 사라졌다. 그러나 마크하임은 그 변화를 관찰하거나 이해하기 위해 그대로 가만히 있지 않았다. 그는 문을 열고 계단을 천천히 내려가는 동안 생각에 잠겼다. 과거가 눈앞에서 차분히 지나갔다. 그는 자신의 삶을 있는 그대로 보았다. 그것은 추악하면서 꿈처럼 격렬했고 미필적 고의에 의한 살인처럼 뒤죽박죽이었다. 다시 말해 패배의 한 장면이었다. 이렇게 인생을 되돌아보니 그것은 더이상 자신을 유혹하지 못했다. 멀리 자신의 운명을 맡길 고요한 안식처가 저 너머로 보였다. 그는 통로에 멈춰서서 가게 안을 들여다보았다. 가게 안에는 촛불이 아직도 시체 옆에서 타고 있었다. 기묘할 만큼 조용했다. 서서 바라보는 동안 그의 마음속에는 가게 주인에 대한 생각이 밀려왔다. 기다림을 참지 못하고 초인종이 다시 한번 찌릉찌릉 울렸다.

미소를 띤 듯한 표정으로 그가 문간에서 하녀를 맞이했다.

"경찰을 부르시오." 그가 말했다. "내가 당신 주인을 죽였소."

시체 도굴꾼
The Body Snatcher

일년 내내 하루도 빠짐 없이 장의사, 주점 주인, 페티스, 나, 이렇게 우리 네사람은 밤마다 데버넘 읍에 위치한 조지 주점의 작은 객실에 앉아 있었다. 가끔씩 몇사람이 더 오기도 했다. 그러나 비가 오나 눈이 오나 바람이 부나 서리가 내리나 우리 네사람은 각기 정해진 안락의자에 파묻혀 지냈다. 페티스는 스코틀랜드 출신의 주정뱅이로 고등교육을 받았음이 분명하고, 빈둥빈둥 놀고 지내는 걸 보면 재산이 꽤 있는 남자였다. 몇년 전 데버넘으로 왔을 때는 아직 젊은 나이였는데, 단지 여기 눌러살았다는 이유만으로 이 고장 사람이 다 되었다. 낙타 모직으로 만든 그의 푸른색 외투는 교회 첨탑처럼 이 지역의 유물이 되었다. 그가 조지 주점의 객실에서 지낸다는 것, 교회에 나가지 않는다는 것, 오랜 폭음과 점잖지 못한 짓들을 한다는 것, 이런 사실은 데버넘 읍에서는 누구나 다 아는 바였다. 그는 모호하면서도 급진적인 견해와 어딘가 불경스러운 데가 있는 종교관을 가졌으며, 이런 의견을 가끔 입 밖으로 피력할 때는 탁자가 기울어질 정도로 탕탕 치면서 역설했다. 그는 럼주를 마셨는데, 그것도 매일 저녁 다섯잔씩 꼬박꼬박 마셨다. 그리고 밤이 되면 조지 주점에 와서 문 닫을 때까지 거의 대부분의 시간을 술에 전 상태로 오른손에 술잔을 들고 우울한 표정으로 앉아 있곤 했다. 우리는 그를 '의사 양반'이라고 불렀는데, 왜냐하면 의학에 대한 전문지식을 좀 가지고 있는 것으로 보였고, 위기 상황에서 골절을 바로잡거나 관절 탈구를 고치는 등 뭔가를 했던 것으로 알려져 있었기 때문이다. 하지만 이런 소소한 정보를 빼면 우리는 그의 성격이나 내력에 대해 아는 바가 없었다.

언젠가 캄캄한 겨울밤이었는데, 시계가 아홉점을 친 직후 주점 주인이 우리와 합석했다. 인근 지역의 대지주가 의회로 가는 길에 뇌졸중으로 쓰러져 조지 주점에 투숙하게 되었고, 그 사람보다 더 대단한 런던의 의사에게 왕진을 요청하는 전보를 쳤다고 한다. 철도가 이제 막 개통되었기 때문에 이런 일은 데버넘이 생긴 이래 처음이었고, 우리 모두는 철도 개통만큼이나 이번 일에 감격했다.

"그 사람이 저기 오는군." 주점 주인이 파이프에 담배를 채우고 불을 붙인 다음 말했다.

"그 사람이라고?" 내가 말했다. "누군데? 저이가 그 의사 아냐?"

"바로 그 사람이지." 주인이 말했다.

"이름이 뭐야?"

"맥팔레인 박사." 주인이 말했다.

페티스는 세번째 잔을 거의 비운 상태였는데 취해서 멍한 상태였고, 가끔 머리를 끄덕이거나 풀린 눈으로 주변을 둘러보았다. 그런데 마지막 말을 듣는 순간 그는 술에서 깬 듯했고, '맥팔레인'이란 이름을 처음에는 아주 조용히, 그러나 다음에는 갑작스럽고 격하게 두번 반복해 말했다.

"그렇다네." 주인이 말했다. "그게 그 사람 이름이네. 울프 맥팔레인 박사."

페티스는 화들짝 술에서 깨어났다. 눈을 똑바로 떴고, 목소리는 크고 또렷하고 차분해졌으며, 말에 힘이 들어가고 진지해졌다. 우리는 그의 변화를 보고 마치 죽은 사람이 살아난 것처럼 모두들 깜짝 놀랐다.

"미안한데." 그가 말했다. "지금까지 자네 말을 건성으로 들었네. 이 울프 맥팔레인이 뭐 하는 사람이라고?" 그리고 주인의 말을 끝까지 듣고 나서 말했다. "말도 안돼, 말도 안돼." 그가 덧붙여 말했다. "그렇지만 꼭 그 사람을 직접 보고 싶군."

"의사 양반, 그 사람을 아는 거야?" 놀란 장의사가 숨이 막힌 채로 물었다.

"그럴 리가." 그가 대답했다. "그렇지만 그건 흔한 이름이 아니지. 다른 사람이라고 말하기는 힘들어. 주인장, 말해보시오. 그는 나이 많은 사람이오?"

"그러니까." 주인이 말했다. "젊은 사람이 아닌 건 확실해. 머리가 허옇거든. 그렇지만 당신보다는 젊게 보이던데."

"그렇지만 나이는 나보다 많아. 몇살 더 위야. 그런데." 그가 손바닥으로 테이블을 치며 말했다. "당신이 보는 이 얼굴은 럼주에 찌든 거야. 럼주와 죄에 찌든 거지. 그 사람은 아마 속 편한 양심이어서 위도 튼튼할걸. 양심이라! 내 말 들어봐. 자네들은 내가 선량하고 나잇살 먹은 점잖은 기독교인이라고 생각하겠지. 안 그래? 그러나 아니야, 난 아니라고. 난 믿는 척한 적 없어. 볼떼르라도 내 입장이 되면 믿는 척할걸. 그런데 이 머리만은 (손가락으로 대머리를 튕기며) 명석하고 민첩했지. 그러니까 나는 본 걸 있는 그대로 말하는 거야."

"만일 당신이 이 의사를 알고 있다면." 나는 다소 뜸을 들인 후 용기를 내 말했다. "주인장의 칭찬에 동의하지 못하겠다는 말이로군."

페티스는 내 말을 무시했다.

"그래." 그가 작정을 하고 갑자기 말했다. "그 사람을 직접 봐야겠어."

다시 침묵이 흘렀고, 그때 이층 문이 상당히 급하게 닫히더니 계단에서 발걸음 소리가 들려왔다.

"저 사람이 의사야." 주인이 큰 소리로 말했다. "빨리 가봐, 그러면 만날 수 있을 거야."

넓지 않은 객실에서 낡은 조지 주점의 숙박실 입구까지는 두걸음에 불과했다. 폭이 넓은 참나무 재질의 계단은 거의 거리 쪽에 있었다. 숙박실 입구와 층계 마지막 발판 사이에는 터키산 양탄자가 깔려 있었고 다른 것이 놓일 공간은 없었다. 그렇지만 이 계단 위 가스등과 간판 아래의 커다란 주점 표지등, 무엇보다 술집 창문으로 새어나오는 불빛은 밤마다 이 좁은 공간을 환하게 밝혀주었다. 그래서 조지 주점은 차가운 거리를 지나는 행인들에게 화려한 불빛으로 눈길을 끌었다. 페티스는 그곳으로 침착하게 걸어갔고, 우리는 뒤에서 서성대다가 우리들 중 누구 말마따나 두사람이 정면으로 마주치는 것을 보았다. 맥팔레인 바사는 빈틈없고 활달했다. 흰머리는 창백하고 침착한, 그러나 힘이 넘치는 얼굴을 돋보이게 했다. 복장은 화려해서 최고급 브로드클로스와 순백색 리넨으로 만든 옷을 입었고, 금으로 만든 고급 시곗줄을 찼으며, 와이셔츠 단추와 안경은 똑같은 귀금속으로 만든 제품이었다. 희고 라일락 무늬가 점점이 박힌 주름이 넓은 넥타이를 맸으며, 팔에는 모피로 만든 여행용 코트를 걸치고 있었다. 그는 의심의 여지 없이 나이에 걸맞은 부와 명성을 누리고 있었다. 그러므로 추레하고, 여드름투성이에다 대머리이며, 낡은 낙타 모직 외투를 입고 다니는 우리 객실의 주정뱅이 친구가 계단 밑에서 그와 맞짱을 떴으니 얼마나 놀라운 대비인가.

"맥팔레인." 친구라기보다 오히려 저승사자나 되는 것처럼 그는 제법 크게 말했다.

그 대단한 의사는 친근한 호칭에 놀라 자신의 위엄이 손상당한 것처럼 네번째 계단에서 갑자기 멈춰섰다.

"토디 맥팔레인!" 페티스가 다시 불렀다.

그 런던내기는 거의 쓰러질 뻔했다. 그는 재빨리 자기 앞에 있는 사람을 바라보았고, 두려움을 지닌 채 자신의 뒤쪽을 힐끗 보고 난 뒤 놀라움이 섞인 낮은 목소리로 말했다. "페티스, 너로구나!"

"그래요." 상대방이 말했다. "나요! 당신은 나도 죽은 줄 알았나요? 우리 관계가 그리 쉽게 끝날 인연은 아니죠."

"조용, 조용!" 의사가 소리쳤다. "조용, 조용! 이렇게 만나다니 너무나 뜻밖일세. 자네 얼굴이 많이 상했군. 자넨 줄 몰랐어, 처음 엔. 진심이네. 하지만 이렇게 기회가 있다니 정말 기쁘군. 정말 기 뻐. 그런데 지금 당장은 이렇게 악수하고 또 헤어져야 하겠군. 마차를 대기시켜놓았고 기차를 놓치면 안되니까. 보자, 그래. 나에게 자네 주소를 주게. 그러면 꼭 내 소식을 바로 전하지. 페티스, 우리 들은 자네를 위해 반드시 뭔가를 해야 해. 자넨 경제적으로 어려운 것 같군. 하지만 언젠가 우린 저녁을 먹으면서 「올드 랭 싸인」을 불렀지. 그 우정을 봐서 우리들은 이 문제를 해결해야만 해."

"돈!" 페티스가 소리쳤다. "당신한테 돈을 받는다고! 옛날 당신 이 준 돈은 비 오는 날 내동댕이쳤소. 그 자리에 아직 그대로 있을 거요."

맥팔레인 박사는 좀 우쭐대며 자신만만하게 말했지만, 드물게 드센 이런 거절을 당하자 처음에는 어리둥절한 표정이었다.

덕망 넘치는 그의 얼굴에 끔찍하고 불쾌한 표정이 나타났다가 사라졌다. "이 사람아." 그가 말했다. "그건 자네 좋을 대로 하게. 자네를 화나게 할 의도는 전혀 없네. 난 누구에게도 강요하지 않네. 자네에게 내 주소를 줄 터이니, 그렇지만······"

"필요 없소. 당신이 어디에 처박혀 있는지 알고 싶지 않소." 그가 말을 잠시 쉬었다. "당신 이름을 들었을 때, 난 그게 당신일까 싶어 두려웠소. 도대체 하느님이 있는지 알고 싶을 따름이오. 그런데 하느님은 없군요. 꺼져요!"

그는 여전히 계단과 출입구 사이에 깔린 양탄자 한가운데에 서 있었다. 그래서 그 대단한 런던 의사가 도망가기 위해선 한쪽으로 몸을 틀어야 했다. 이런 굴욕 앞에서 그가 주저하는 게 명백히 보였다. 비록 백발이었지만, 안경 속 그의 눈은 험악하게 번뜩였다. 그러나 여전히 결정을 내리지 못하고 서성대던 그는 거리 저쪽에서 마부가 이 예사롭지 않은 광경을 훔쳐보고 있다는 걸 의식했고, 동시에 객실에서 우리 몇사람이 주점 한구석에 모여서 보고 있다는 걸 감지했다. 목격자가 너무 많음을 알고 그는 바로 도망가기로 마음먹었다. 그는 몸을 완전히 구부리고 나무벽 옆을 스치며 뱀처럼 문을 향해 질주했다. 그러나 이로써 그의 고난이 완전히 끝난 것은 아니었다. 그가 통과하는 순간 페티스가 그의 팔을 움켜잡았고, 이어 낮게 소곤거리면서 그러나 고통스러울 정도로 또렷하게 그에게 물었다. "그걸 다시 본 적 있소?"

그 훌륭하고 부유한 런던 의사는 날카로운 비명을 질렀고, 그 소리는 모골을 송연하게 했다. 그는 열려진 틈새로 나가려다 그의 심문자와 부딪쳤고, 그러자 손으로 머리를 감싼 채 마치 훔치다 들킨 도둑처럼 문밖으로 내달렸다. 마차가 덜컹거리며 역을 향해 출발할 때까지 우리들 가운데 그 누구도 꼼짝할 생각을 못했다. 소동은 한갓 꿈처럼 끝났지만, 그 꿈은 사건의 증거와 흔적을 남겼다. 다음날 하인은 문간에서 밟혀 부러진 고급 금테안경을 발견했다. 사건 당일 밤 우리는 모두 주점 창가에서 숨도 쉬지 못한 채 서 있었고, 페티스는 진지하고 창백하고 단호한 표정으로 우리 곁에 있었더랬다.

"페티스 씨, 천만다행이오." 우리들 중 가장 먼저 제정신으로 돌아온 주인이 말했다. "도대체 이게 전부 무슨 일인가? 자네가 한 말이 아주 수상하군."

페티스가 우리를 향해 고개를 돌렸다. 그는 우리들 한명 한명의 얼굴을 차례로 쳐다보았다. "입조심하는 게 좋을걸." 그가 말했다. "저 맥팔레인이란 자에게 대들었다가는 무사하지 못해. 전에 저자에게 대들었던 사람들은 나중에 후회했지만 그때는 이미 늦었지."

그리고 그는 나머지 두잔을 기다리기는커녕 세번째 잔도 다 비우지 않은 채 작별인사를 하고는 밖으로 나가 호텔 램프 아래의 어두운 밤거리로 사라졌다.

우리 세사람은 난롯불이 이글거리고 네개의 초가 환하게 켜진 객실의 우리 자리로 되돌아왔다. 그리고 방금 일어난 일을 처음부터 돌이켜보자 애초의 오싹한 놀라움은 곧 호기심으로 바뀌어 활활 타올랐다. 우리는 늦게까지 앉아 있었다. 내 기억으로는 조지 주점에서 가장 늦게까지 머문 날이었다. 우리는 헤어지기 전에 모두 제 나름으로 설명을 했는데, 각자가 자신의 이론을 입증하기로 했다. 그리고 우리 중 그 누구도 우리의 저주받은 친구의 과거를 추적하여, 그가 그 대단한 런던 의사와 얽혀 있는 비밀을 탐지하는 것보다 더 화급한 일을 가지고 있지 않았다. 대단한 자랑거리는 아니지만, 이야기의 비밀을 캐내는 것에 관한 한 조지 주점의 동료 중 그 누구보다도 내가 한수 위라고 믿는다. 아마 고약하고 비정상적인 다음의 사건을 나보다 더 잘 설명할 수 있는 사람은 아마 세상에 없을 것이다.

젊은 시절 페티스는 에든버러 대학에서 의학을 공부했다. 그는 나름의 재주가 하나 있었는데, 들은 것을 재빨리 이해해서 즉시 자기 식으로 쉽게 설명하는 능력이었다. 그는 집에서 거의 공부하지 않았다. 그러나 스승들에게는 예의 바르고, 주의력이 깊고, 지적인 학생이었다. 곧 그들은 페티스의 말을 경청했고 그를 기억력이 좋은 학생으로 꼽았다. 그런데 다음 이야기를 처음 들었을 때 믿기 어려웠으니, 그가 당시 매우 총애를 받았고 자신의 외모에 대해 만족했다는 것이다. 그 당시 해부학 전공의 외부 강사가 있었는데 여기서는 그를 K로 표기하겠다. 그의 이름은 나중에 널리 알려지게 된다. 버크의 처형에 환호하던 군중들이 그를 고용한 자의 처형까지 거세게 요구할 때[24] K라는 이름을 가진 그 사람은 에든버러 거리를 변장한 채 숨어서 돌아다녔다. 그러나 K씨는 그 당시 인기 절정이었다. 그가 인기를 누린 이유는 부분적으로는 자신의 재능과 언변 때문이었고, 다른 한편으로는 그와 경쟁하던 대학교수들의 무능 때문이었다. 적어도 학생들은 성서 대신 그의 이름을 걸고 맹세를 했으며, 페티스가 이 혜성처럼 빛나는 유명인사 K씨의 총애를 받게 되었을 때 자타 공히 성공의 기반을 닦았다고 믿었다. K씨는 뛰어난 선생이자 동시에 '인생을 즐기는 사람'이었다. 그는 세심한 수업준비 못지않게 음흉한 암시를 즐겼다. 이 두가지 측면 모두에서 페티스는 그의 주목을 받을 만한 학생이었고 페티스 역시 이를 즐겼는데, 2학년이 되자 그는 수업에서 정식 직책은 아니지만 보조시범요원 또는 보조조교와 같은 위치를 얻게 되었다.

특히 그는 이런 위치로 인해 계단식 교실과 강의실의 관리 책임을 떠맡았다. 그는 구내 청결과 다른 학생들의 실습에 대해 책임을 지게 되었다. 그의 의무 가운데 하나는 다양한 실습재료를 공급, 수령, 분배하는 일이었다.[25] 이 실습재료의 공급, 수령, 분배는 당시 매우 민감한 사항이었는데, 바로 이를 위해 K씨는 처음에는 해부학 실습실과 같은 골목, 나중에는 같은 실습실 건물에 그의 주거를 마련해주었다. 남루하고 영락한 몰골을 한 사람들이 실습재료를 공

<hr />

24 1828년 스코틀랜드 에든버러에서 1년 동안 16명을 죽인 뒤 그 시체를 해부학 실습용으로 판 헤어와 버크의 사건을 말한다. 헤어는 사건에 대한 증언을 하는 댓가로 면책을 받았고 그의 증언으로 버크만 유죄판결을 받아 교수형에 처해졌다.
25 해부학 실습에 필요한 시체 확보를 말한다. 이 때문에 당시 시체를 도굴하여 파는 일이 만연했다.

급했는데, 그들은 겨울날 동트기 전 그곳으로 불쑥 찾아와서, 광포한 쾌락의 밤을 보내서 손이 여전히 떨리며 눈이 침침하고 흐릿한 그를 불러 깨우곤 했다. 그들은 전국적으로 악명이 높았기 때문에 페티스 자신이 직접 문을 열어주었다. 그들이 가져온 처참한 짐을 내려놓는 걸 도와주고, 추악한 일에 대한 댓가를 지불하고, 그들이 돌아간 후에는 홀로 유쾌하지 못한 인간 유물들과 마주하곤 했다. 그렇게 한바탕 일을 치른 후 그는 다시 한두시간 새우잠을 청해서 밤 동안의 혹사로 인한 피곤을 풀었고, 하루의 일과를 위해 심신을 재충전했다.

죽음의 표상들 사이에서 이렇게 생활했는데, 그 어떤 청년도 페티스만큼 이런 일에 더 무신경할 수는 없을 것이다. 그의 정신은 보통사람이라면 따질 만한 것들을 전혀 따지지 않았다. 그는 자기 자신의 욕망과 하찮은 포부의 노예가 되어 타인의 운명이나 부침에 대해 전혀 관심을 두지 않았다. 냉담하고 경솔하며 더군다나 이기적이었지만, 그는 흔히 도덕과 혼동되곤 하는 일말의 신중함은 가지고 있어서, 술을 마시고 주사를 부리거나 절도로 처벌받는 일은 없었다. 게다가 그는 스승들과 학우들로부터 상당히 인정받고 싶어했으며, 외적으로 가시적인 실패를 원하지 않았다. 그래서 학업에서 우수한 성적을 거두는 것이 그의 기쁨이 되었고, 날마다 그의 고용주인 K씨에게 흠잡힘 없이 눈에 꼭 들게 일했다. 낮 동안의 일에 대한 보상으로 밤에는 광포한 패륜적 쾌락을 추구했다. 낮과 밤이 균형을 이루었기 때문에, 그가 양심이라고 부른 기관은 아주 만족하였다.

실습재료의 공급은 그의 스승뿐만 아니라 그에게도 계속 골칫 거리였다. 수강생 수가 많고 배울 게 많은 수업이라 해부학도들이 사용할 재료는 늘 부족했다. 그래서 어쩔 수 없이 생겨난 그 직종 은 그 자체로 불쾌할 뿐만 아니라 관련자 모두에게 위험한 결과를 초래할 수도 있었다. 그 직종의 사람들과 거래할 때는 결코 묻지 않는다는 것이 K씨의 원칙이었다. "그들은 시신을 가져오고, 우리 는 그 값을 치르는 거야."라고 하며, 속담을 인용하여 "오는 게 있 으면 가는 게 있는 법"이라고 입버릇처럼 말했다. 그러고는 다시 그의 조교한테 약간 불경스럽게 "묻지 말게. 그게 양심에 좋아."라 고 말하곤 했다. 페티스는 실습재료가 살인이란 범죄에 의해 제공 되는 것을 몰랐다. 만일 그런 사실을 말로 암시받았더라면 그는 기 겁을 하고 그만두었을 것이다. 그런데 그렇게 중대한 문제를 아주 가볍게 처리하는 스승의 발언은 그 자체로 예의에 대한 모독이었 지만, 그 사람들이 그에게 몰려들게 만들었다. 예를 들면, 페티스는 종종 시체가 희한할 정도로 신선하다고 스스로 말하곤 했다. 그는 동트기 전 자신을 찾아온 패거리들의 겸연쩍고 혐오스러운 표정에 거듭 놀라곤 했다. 그리고 그는 혼자서 전후 사정을 깔끔하게 짜맞 추면서 스승의 무심한 충고에 지나칠 정도로 비도덕적이고 절대 적인 의미를 부여했던 것 같다. 간단히 말해서 그는 자신의 의무가 세가지임을 알고 있었으니, 그것은 가지고 온 것을 받고, 돈을 지불 하고, 그리고 범죄의 증거에 대해서는 모른 척한다는 것이었다.

11월 어느 아침 이 침묵의 원칙은 커다란 시험대에 올랐다. 그는 골이 뻐개지는 치통으로 인해 밤새도록 잠을 이루지 못해, 마치 우리에 갇힌 짐승처럼 방 안을 배회하거나 화가 나서 침대 위로 자신을 내동댕이치곤 했다. 마침내 고통스러운 밤의 끝자락에 흔히 따라오는 깊고 불안한 잠에 빠졌다가 세번인가 네번인가 약정신호를 반복해서 두드리는 성난 소리에 잠에서 깨어났다. 한줄기 밝은 달빛이 들어왔다. 매서운 추위와 강한 바람에 서리까지 내린 날이었다. 도시는 아직 잠에서 깨어나지 않았지만, 이미 뭔지 모를 부산함으로 시끄럽고 번잡한 하루를 예고하고 있었다. 사람 시체를 먹는 악귀들은 늘 오던 시간보다 늦게 왔지만, 평소보다 빨리 끝내고 가려는 것 같았다. 페티스는 잠에 취한 채 불을 켰고 그들을 이층으로 안내했다. 그는 비몽사몽 중에 그들이 투덜거리는 소리를 들었는데 아일랜드 억양이었다. 그들이 그 불쌍한 상품을 덮은 포장을 벗기는 동안에도 그는 어깨를 벽에 기대고 졸았다. 그들에게 줄 돈을 가지러 가면서 정신을 차리려고 고개를 흔들었다. 그때 그의 시선이 죽은 자의 얼굴에 내리꽂혔다. 그는 흠칫 놀랐다. 그는 촛대를 높이 들고 두걸음 앞으로 다가갔다.

"맙소사!" 그가 비명을 질렀다. "저건 제인 갤브레이스 아닌가!"

그 사람들은 대답하지 않았다. 그러나 당황한 기색을 보이며 문 가까이로 갔다.

"나는 이 여자를 알아요, 진짜로요." 그가 계속 말했다. "저 여잔 어제까지도 건강하게 살아 있었어요. 그녀가 죽다니 있을 수 없는 일이에요. 정당한 방법으로 이 시신을 구하는 건 절대 가능하지 않아요."

"무슨 말씀을, 선생님, 완전히 잘못 보셨습니다." 두사람 중 한사람이 말했다.

그러나 다른 자가 페티스의 눈을 험악하게 쳐다보며 당장 돈을 달라고 요구했다.

그 협박에 담긴 의미를 오해할 수도 없었고 그보다 더 위험한 상황을 생각할 수도 없었다. 그는 젊은 나이였지만 간이 콩알만해졌다. 그는 더듬거리며 변명 삼아 몇마디 하고는 계산을 했다. 그러고나서 그 가증스러운 방문객이 나가는 걸 바라보았다. 그들이 떠나자마자 그는 자신의 의심이 맞는지 서둘러 확인하였다. 그가 발견한 십여개의 표지는 의심할 나위 없이 그 전날 자신과 함께 농치며 놀았던 바로 그 소녀임을 보여주었다. 그는 공포에 질려 여자의 몸에 난 자국을 보았는데, 그것은 폭력이 있었음을 시사하고 있었다. 그는 정신적 공황상태에 빠져 방으로 도망쳤다. 거기서 자신이 발견한 것을 한동안 반추했다. 그는 K씨가 내린 지침의 의도, 그리고 이렇게 심각한 일에 관련되었을 때 자신에게 가해질 위험에 대해 진지하게 생각했다. 혼란스러운 상태에서 속앓이를 하다가 마침내 자신의 직속상관에 해당하는 해부학 실습실 조교의 충고를 들어보기로 마음먹었다.

조교는 울프 맥팔레인이라는 젊은 의사로 무모한 학생들에게 아주 인기가 좋았는데, 영리하고 방탕한데다 파렴치하기까지 했다. 그는 한때 외국에 나가 공부하기도 했으며, 태도는 사근사근하면서 좀 뻔뻔스러웠다. 그는 연극에 관해서는 권위자였고, 빙상이든 잔디든 간에 스케이트와 골프에 능했다. 옷은 대담하면서도 세련되었고, 이륜마차와 튼튼한 경주마를 가지고 있다는 점이 그의 명성을 한껏 높였다. 그는 페티스와 친한 사이였다. 사실 그들의 관계와 처지는 어떤 공동체적 삶을 요구했다. 실습재료가 바닥나면, 둘은 맥팔레인의 마차를 타고 시골 오지의 한적한 묘지를 찾아가 불경스러운 짓을 하고는 동트기 전 전리품을 싣고 해부학 실습실로 돌아왔다.

그 특별했던 날 아침 맥팔레인은 평소보다 조금 일찍 도착했다. 페티스는 그가 오는 소리를 듣고 계단에서 그를 만나 어제 있었던 이야기를 들려주고, 자신을 노심초사하게 만든 것을 그에게 보여주었다. 맥팔레인은 시신에 난 반상출혈을 검진했다.

"맞아." 그는 말하면서 고개를 끄덕였다. "수상한 냄새가 나는걸."

"그럼, 전 어떻게 해야 하나요?" 페티스가 물었다.

"어떻게 해야 하느냐고?" 상대방은 말을 되풀이했다. "자네는 뭘 하길 원하나? 말은 최소한으로, 치우는 건 재빨리, 그래야지."

"그녀라는 사실을 알아볼 사람이 있을지 모릅니다." 페티스가 반대했다. "그녀는 에든버러 성만큼이나 유명합니다."

"안 그러길 바라야지." 맥팔레인이 말했다. "그리고 누가 알아본들, 글쎄, 자네는 몰랐잖아. 그렇지 않은가. 그럼 끝난 거야. 사실 이 일을 너무 오래 끌고 있어. 까발리기 시작하면, 자네 때문에 K선생이 아주 위태롭고 곤혹스런 처지에 빠지게 되네. 자네도 아주 끔찍한 처지가 될 테고. 만일 자네가 그렇게 된다면 나도 마찬가지야. 나는 우리 각자가 죽어서 기독교인 증인석에 설 때 어떻게 보일지, 우리 자신을 무엇으로 변호해야 할지 알고 싶네. 내 의견으로는, 그러니까 한가지는 확실하네. 즉, 사실대로 말해 우리의 모든 실습재료는 살해된 것이었어."

"맥팔레인!" 페티스가 소리를 질렀다.

"진정하라고!" 상대방이 빈정대며 말했다. "마치 자네는 그걸 의심하지 않았던 것처럼 구는군!"

"의심하는 것은……"

"입증된 것과는 다르다 이거지. 맞아, 나도 알아. 나도 일이 이렇게 돼서 자네만큼 유감이야." 그가 지팡이로 시신을 가볍게 쳤다. "내가 볼 때 차선책은 모른 척하는 거야." 그가 냉정하게 덧붙였다. "그리고 난 누군지도 몰라. 자네는 안다고 해도 돼. 자네가 그걸 원한다면 말이야. 난 강요하지 않아. 그렇지만 내 생각엔 세상물정을 좀 알면 누구나 나처럼 할걸. 하나만 더 이야기하지. K선생이 우리에게 바라는 바도 이것이라는 게 내 생각이네. 중요한 건 왜 그가 우리 둘을 조교로 골랐느냐는 거야. 내가 답을 말해줄까. 그건 나이든 아줌마 같은 수다쟁이를 원하지 않았기 때문이지."

상대방의 이와 같은 어조는 페티스 같은 젊은이의 정신을 흐려놓았다. 그는 맥팔레인의 말을 따르기로 마음먹었다. 불행한 여자

아이의 시신은 정상적으로 해부되었다. 누구도 그녀를 안다고 하지 않았고, 알아챈 것 같지도 않았다.

하루는 페티스가 일과가 끝난 오후시간에 유명한 술집에 들렀는데 맥팔레인이 낯선 사람과 앉아 있는 걸 우연히 보았다. 낯선 사람은 키가 작았으며, 아주 창백하고 가무잡잡한 얼굴에 눈이 석탄처럼 까만색이었다. 이목구비를 보면 지적이고 세련된 사람으로 보였으나 태도는 별로 그렇지 않았다. 가까이 가서 보니 상스럽고 야비하고 멍청해 보였다. 그러나 맥팔레인은 그 앞에서 꼼짝을 못했다. 그는 이집트 군사령관처럼 명령을 내렸고, 거기에 토를 달거나 실행이 늦으면 화를 냈으며, 비굴하게 떠받드는 맥팔레인에게 무례한 말을 해댔다. 역겹기 짝이 없는 이 사람은 페티스를 보자마자 마음에 들어하며 마실 것을 자주 권했고, 대단한 자신감을 가지고 있다며 페티스의 과거 경력을 칭찬했다. 페티스가 고백한 것 가운데 10분의 1만 사실이라 하더라도 그는 아주 가증스러운 건달이었을 것이다. 그런데 아주 노련한 사람으로부터 관심을 받게 되자 젊은 그의 허영심이 자극되었던 것이다.

"난 아주 잡놈이지." 낯선 사람이 말했다. "그런데 맥팔레인은 애송이야. 나는 토디 맥팔레인을 애송이라고 부르지. 토디, 네 친구를 위해 한잔 더 주문해." 또는 그가 "토디, 발딱 일어나 문 닫아."라고 말했을 것이다. "토디는 날 미워하지." 그가 다시 말했다. "오, 맞아. 토디, 넌 날 미워하지!"

"그 엿 같은 이름으로 날 부르지 마요." 맥팔레인이 화를 냈다.

"저놈 말 좀 들어봐! 자네는 애송이들이 칼 쓰는 걸 본 적 있나? 쟤는 내 몸을 만신창이로 만들고 싶을 거야." 낯선 사람이 말했다.

"우리 의사들은 그보다 더 좋은 방법을 씁니다." 페티스가 말했다. "우린 친구 녀석이 싫을 때 그의 몸을 해부합니다."

맥팔레인이 갑자기 얼굴을 치켜들었다. 마치 이런 농담은 생각해본 일이 없었다는 듯.

오후는 그렇게 지나갔다. 그 낯선 사람의 이름은 그레이인데, 그는 저녁만찬에 페티스를 초대했고, 아주 값비싼 요리를 주문해 주점이 발칵 뒤집어졌다. 만찬이 모두 끝나자 그레이는 맥팔레인더러 계산을 하라고 명령했다. 헤어질 때는 늦은 밤이었고, 그레이란 자는 취해서 몸을 가누지도 못했다. 분노로 인해 술이 깬 맥팔레인은 자신이 억지로 지불해야 했던 돈과, 만찬 내내 참아야 했던 모욕을 되새겼다. 여러 술을 섞어 마셨기 때문에 머리가 어지러웠던 페티스는 정신이 완전히 나간 상태에서 비틀거리는 걸음으로 귀가했다. 다음날 맥팔레인은 수업에 출석하지 않았다. 페티스는 그가 가증스러운 그레이의 꽁무니에 붙어 술집에서 술집으로 그를 모시고 다니는 꼴을 상상하며 혼자 빙그레 웃었다. 휴식시간이 되자마자 그는 어젯밤의 술친구들을 찾기 위하여 이리저리 돌아다녔다. 그러나 어디에서도 그들은 보이지 않았고, 그리하여 일찍 방으로 돌아와 일찍 잠자리에 들었고 푹 잤다.

새벽 네시에 그는 숙지하고 있던 신호소리를 듣고 잠에서 깨어났다. 문 쪽으로 내려가니 맥팔레인이 마차와 함께 있는 것을 보고 크게 놀랐는데, 마차 안에는 자신이 너무도 잘 아는 길고 소름끼치는 포장상자가 하나 있었다.

"어쩐 일입니까?" 페티스가 큰 소리로 말했다. "혼자서 나갔나요? 어떻게 혼자서 되던가요?"

그러나 맥팔레인은 거친 태도로 그에게 조용히 하라고 말하고는 일을 하자고 했다. 둘이 함께 시신을 이층으로 옮겨 실습용 탁자 위에 올려놓고 나자 맥팔레인은 처음에는 그냥 가려고 하는 것 같았다. 그러다 멈춰서서 뭔가 망설이는 듯했다. "자네가 얼굴을 봐야 해." 그가 조심조심 말했다. "봐야 해." 페티스가 놀란 표정으로 그를 쳐다보자 그가 다시 말했다.

"그런데 어디서, 어떻게, 언제 이걸 구했나요?" 페티스가 큰 소리로 말했다.

"얼굴을 보게." 그는 이 말만 했다.

페티스는 크게 놀랐다. 이상한 의심이 들었다. 그는 눈길을 젊은 의사에게서 시신으로 옮겼다가 다시 그를 쳐다보았다. 마침내 흠칫 몸을 떨며 시키는 대로 하였다. 그는 사실상 예상한 광경을 보았는데, 그럼에도 그것은 지독한 충격이었다. 그는 술집 문 앞에서 헤어졌을 때 좋은 옷으로 치장한 채 고깃덩이와 죄악을 휘감고 있던 사람이 죽어 뻣뻣한 자세로 마대자루의 조악한 천 위에 벌거벗고 누워 있는 것을 보았다. 이는 생각 없이 살아왔던 페티스에게조차 양심에 일말의 두려움을 일깨웠다. 그가 알고 지내던 두 사람이 차가운 실습용 탁자 위에 누운 일을 생각하자 '내일은 바로 너야'

라는 말이 그의 영혼 속에서 맴돌았다. 그러나 이 생각보다 더 급한 것이 있었다. 당장 울프를 상대해야 했다. 이렇게 대담한 도전에 대응할 준비가 되어 있지 않았으므로 그는 동료의 얼굴을 정면으로 응시할 수 없었다. 그는 감히 그와 눈길을 마주칠 수 없었고, 어떠한 말이나 목소리도 나오지 않았다.

먼저 움직인 쪽은 맥팔레인이었다. 그는 조용히 뒤로 다가와서 상대방의 어깨에 손을 부드럽게 그러나 단호하게 얹었다.

그가 말했다. "리처드슨에게 머리 부분을 주게나."

당시 리처드슨은 오래전부터 인간 신체 중에서 머리 부분의 해부를 열망하던 학생이었다. 아무런 대답이 없자 살해자가 다시 말했다. "업무로 돌아가서, 자네는 나에게 값을 지불해야 하네. 알다시피 회계는 좌우가 딱 떨어져야 해."

페티스가 겨우 말문을 열었다. "당신에게 돈을 지불해야 한다고!" 그가 크게 소리쳤다. "당신에게 저것의 값을 쥐야 한다고?"

"암, 그럼, 당연히 쥐야지. 무슨 수를 써서라도 자넨 꼭 그래야만 하네." 상대방이 되받았다. "나는 절대 공짜로 주면 안되고, 자넨 절대 공짜로 받으면 안되는 거야. 그렇게 하면 우리 둘 다 위험해져. 이건 제인 갤브레이스 경우와 마찬가지야. 잘못된 일일수록 우리는 마치 모든 게 정상적인 것처럼 행동해야 하는 거야. 우리 K선생은 어디다 돈을 보관하지?"

"저기." 페티스가 구석의 벽장을 가리키며 대답했는데 목에서 쉰소리가 나왔다.

"그럼, 열쇠를 줘." 상대방은 손을 내밀며 조용히 말했다.

한순간 주저했지만 주사위는 던져졌다. 맥팔레인은 손가락 사이로 열쇠가 만져지자 흠칫 입술을 씰룩거렸는데, 이는 아주 미세하지만 무한한 안도의 표시였다. 그는 벽장을 열어 한쪽 칸에서 펜, 잉크, 장부책을 꺼냈고, 서랍의 돈뭉치에서 이 경우에 적절한 금액을 빼냈다.

"자, 여길 봐." 그가 말했다. "계산은 끝났어. 이로써 우선 자네의 성실성은 입증되었고 자네의 안전에 대한 첫번째 조치도 끝났어. 이제 두번째 조치로 이 문제를 매듭지어야지. 장부에 금액을 적어 넣어. 그러면 자네에겐 아무 일도 없을 거야."

페티스에게 그다음 몇초는 고뇌의 시간이었다. 그러나 자신을 위협하는 것들을 저울질해봤지만 결국 승리한 것은 눈앞의 공포였다. 맥팔레인과 당장의 대결만 피할 수 있다면 앞으로 어떤 어려움이 닥쳐도 좋을 것 같았다. 그는 그때까지 계속 들고 있던 촛대를 내려놓고 침착한 필치로 거래일시, 물건의 상태, 그리고 금액을 기입했다.

"자, 이제." 맥팔레인이 말했다. "자네도 자네 몫을 챙겨야 공평하겠지. 난 내 몫을 이미 가졌네. 이왕 말이 나왔으니 재수가 좋아 주머니에 돈푼깨나 들어오게 되면, 이런 말 하는 거 좀 창피하지만, 세상물정 아는 사람들에게는 행동요령이 있어. 남들에게 한턱내지도 말고, 비싼 교과서를 구입하지도 말고, 묵은 빚 갚지도 말고, 오히려 돈을 빌려야지 절대 빌려주면 안되네."

"맥팔레인." 페티스가 말했는데, 여전히 쉰 목소리였다. "나는 목이 매달릴 위험을 무릅쓰고 당신에게 은혜를 베풀었소."

"나에게 베풀었다고?" 울프가 크게 소리쳤다. "이런! 자네도 나처럼 사태를 판단하게. 자네 자신을 보호하기 위해 자네가 바로 무엇을 해야 하는지. 만일 내가 위험에 빠지면 자넨 어떻게 될까? 오늘 건은 사소한 두번째 건이고, 첫번째 건과 뗄 수 없다는 게 명백하지 않은가. 그레이 건은 갤브레이스 건의 연장이지. 여긴 시작과 끝이 따로 없어. 일단 시작하면 끝까지 가야 하는 거야. 그게 진실이지. 사악한 영혼에게는 휴식이 없거든."

캄캄한 나락에 빠졌다는 느낌, 그리고 운명이 자신을 배신했다는 끔찍한 느낌이 이 불행한 학생의 영혼을 휘감았다.

"세상에!" 그가 큰 소리로 말했다. "내가 뭘 했다고? 그리고 내가 언제 시작했는데? 따져봐요. 실습실 조교가 된 것, 그게 무슨 잘못이에요? 써비스란 친구가 그 자리를 원했어요. 조교는 써비스가 될 뻔했다고요. 그 친구도 지금 내 처지가 되었을까요?"

"이 친구야." 맥팔레인이 말했다. "자넨 아직도 어린애야! 자네에게 무슨 해가 있겠나? 자네가 입 다물고 있으면 무슨 해가 생기겠어? 이봐, 인생이 뭔지 알기나 해? 인간은 두 부류, 즉 사자와 양의 부류가 있어. 만일 자네가 양이라면 자네는 그레이나 제인 갤브레이스처럼 이 탁자 위에 눕게 되는 거야. 자네가 사자라면 나나 K선생처럼, 그리고 조금이라도 재치와 용기가 있는 사람들처럼 마차를 몰면서 살게 되는 거야. 자네도 처음에는 충격을 받았겠지. 그러나 K선생을 보라고! 이봐, 자넨 영리해. 자넨 용기가 있어. 난 자네가 마음에 들고, K선생도 자네를 좋아해. 자네는 태생적으로 사냥 때 앞장설 사람이야. 그리고 내 명예와 내 인생경험을 걸고 자네에게 하는 말인데, 이제 사흘만 지나면 자네는 마치 고등학생들이 익살극을 보듯 이 모든 것이 별것 아니라며 코웃음을 치게 될 거야."

말을 끝내고 맥팔레인은 날이 밝기 전 몸을 숨기려고 마차를 몰고 골목길로 들어갔다. 페티스는 혼자 남게 되자 후회가 몰려왔다. 그는 자신이 위험한 사건에 연루된 가련한 처지임을 깨달았다. 자신이 잡힌 약점에는 시효가 없다는 것, 양보에 양보를 거듭하다보니 자신의 처지가 맥팔레인의 운명을 결정할 심판자에서 그의 돈을 받은 무력한 공모자로 전락한 것을 깨닫고는 까무러칠 뻔했다. 조금 더 용감하게 대처할 방법이 있다면, 그는 그것에 세상 모두를 내주었을 것이다. 그러나 그는 자신이 용감하게 대처할 수 있었을 거란 생각이 들지 않았다. 제인 갤브레이스에 대한 비밀과 저주스러운 거래일지 기입으로 말미암아 그는 입을 다물고 말았다.

시간이 흘러 수강생들이 도착하기 시작했다. 불행한 그레이의 사지는 이 학생 저 학생에게 지급되었고 모두 아무 말 없이 받았다. 리처드슨은 머리 부분을 받고 흡족해했다. 휴식시간 종이 울리기도 전에 페티스는 자신들의 안전이 이미 상당히 확보된 것을 알고 기뻐서 가슴이 떨렸다.

이틀 동안 계속해서 그는 두려운 은폐과정을 주시했는데, 점점 기뻐 어쩔 줄 몰랐다.

사흘째 되던 날 맥팔레인이 나타났다. 그는 며칠간 아팠다고 말했다. 그러나 그는 학생들을 열정적으로 지도함으로써 결근을 벌충했다. 특히 리처드슨에게 그는 아주 소중한 지원과 조언을 했고, 시범조교의 칭찬에 고무된 그 학생은 어마어마한 희망으로 불타오르며 메달은 이미 자기 손아귀에 있다고 생각했다.

그주가 끝나기 전에 맥팔레인의 예언은 실현되었다. 페티스는 공포를 이겨냈고 굴욕감을 떨쳐버렸다. 그는 자신의 용기에 우쭐해지기 시작했고, 사건의 줄거리가 마음속에서 새롭게 정리되면서 그는 건전하지 못한 자부심을 가지고 이 일들을 되돌아볼 수 있게 되었다. 그는 자신의 공모자를 거의 보지 못했다. 물론 그들은 수업과 관련된 일로 만나 K선생으로부터 주문사항을 함께 받았다. 가끔 사적으로 서로 한두마디 건넸는데, 맥팔레인은 시종 아주 친절하면서 쾌활했다. 그러나 둘이 공유한 비밀에 대해서는 어떤 언급도 피하려 하는 것이 명백해 보였다. 심지어 페티스가 사자 무리와 운명을 함께하기로 결정했으며, 양의 길을 포기했다고 귓속말을 할 때조차 그는 미소 지으며 잠자코 있으라고 손짓할 따름이었다.

마침내 두사람이 다시 한번 더욱 밀접하게 힘을 합쳐야 할 일이 생겼다. 또다시 K선생 수업에 실습재료가 부족해진 것이다. 제자들이 수업에 열심이고, 모든 것이 항상 준비되어 있다는 점은 선생의 자부심이었다. 마침 그때 글렌코스 지역의 시골 묘지에 매장이 있다는 소식이 들려왔다. 세월이 지났어도 의문의 그 장소는 거의 옛날 그대로이다. 그곳은 지금과 마찬가지로 인적 없는 네거리에 있으며, 삼나무 여섯그루의 무성한 잎들 사이에 깊숙이 파묻혀 있었다. 시골 교회 주변의 적막을 깨뜨리는 소리라고는 근처 언덕에서 들려오는 양들의 울음소리, 묘지 양편의 작은 시냇물 소리(하나는 자갈 사이로 우렁찬 소리를 내며 흘렀고, 다른 하나는 연못에서 연못으로 수줍은 듯 뚝뚝 떨어졌다), 꽃이 핀 늙은 밤나무 사이로 살랑거리는 야산의 바람소리, 그리고 일주일에 한번씩 울리는 교회 종소리와 성가대 선창자의 낯익은 노랫소리가 전부였다. 일상적 경건과 신성한 의식이 (당시 사용된 은어로) '인간의 부활'을 결코 저지할 수는 없었다. 오래된 무덤에 새겨진 두루마리 성서와 트럼펫, 참배객과 문상객들이 다녔던 길, 사별한 사람에 대한 예물과 비문 등을 경멸하고 모독하는 것은 업무의 일부였다. 시체 도굴꾼들은, 사랑이 다른 곳보다 더 끈끈하고 혈연과 우정으로 전 교구가 단합하는 시골 지역을 당연히 존경하고 피해가기는커녕, 업무가 쉽고 안전해서 더 선호했다. 이승과 전혀 다른 곳에서 깨어나길 바라며 즐겁게 땅속에 묻힌 시신들에게 다가올 부활은 램프 아래서 시각을 다투는, 공포에 질린 삽질과 곡괭이질이었다. 관이 강제로 열리고 수의가 찢겨나간 후, 우울한 유물은 거친 마대자루에 돌돌 말려 몇시간 동안 달빛도 없는 샛길을 따라 덜컹거리며 운반되어 마침내는 놀라서 입이 쩍 벌어진 학생들 앞에서 극도의 무례한 방식으로 노출되곤 한다.

두마리 독수리가 죽어가는 양을 움켜채듯, 페티스와 맥팔레인은 저 푸르고 조용한 안식처에 있는 한 무덤을 아무런 제지도 받지 않고 파헤칠 것이다. 농부의 아내로서 육십 평생을 살면서 질 좋은 버터와 경건한 말투로만 기억되던 한 여인은 한밤중 무덤에서 파헤쳐지고, 죽은 몸으로 수의마저 벗겨진 채, 그녀가 일요일이면 항상 입는 제일 좋은 옷을 입고 나들이 가곤 했던 저 먼 도시로 실려갈 것이다. 그녀 가족 옆 그 장소는 운명의 순간까지 비어 있게 될 것이고, 아무 잘못이 없고 거의 고귀하다고까지 할 만한 그녀의 사지는 끝내 호기심의 대상이 되어 해부학도들에게 노출될 것이다.

오후 늦게 두사람은 외투로 몸을 푹 감싸고 큰 술병을 싣고 출발했다. 끊임없이 비가 내렸다. 차갑게 내리치는 호우였다. 가끔 바람이 한바탕 일었지만 쏟아지는 빗줄기로 인해 가라앉았다. 술도 있고 다 있지만 저녁시간을 보내기로 한, 멀리 있는 페니퀵까지는 구슬픈 침묵의 여정이었다. 그들은 장비를 교회묘지에서 멀지 않은 나무덤불에 숨기기 위해 한번 멈췄다. 또 한번은 피셔스트리스트에 들러서 부엌 난로 앞에서 건배를 하며 한모금의 위스키와 도수 높은 한잔의 맥주를 섞어 마셨다. 여행 종착지에 다다랐을 때 마차를 들여놓고 말에게 사료를 주어 다독인 다음, 두 젊은 의사는 별실에 앉아 그 집에서 제공하는 최고의 식사와 최고의 포도주로 저녁을 해결했다. 촛불, 난로, 창을 두드리는 빗소리, 그들 앞에 놓인 냉혹하고 불쾌한 작업이 식사의 즐거움을 배가시켰다. 잔을 비울 때마다 그들은 상대를 진심으로 좋아하게 되었다. 이내 맥팔레인은 동료 손에 금화 몇닢을 쥐여주었다.

"감사의 표시야." 그가 말했다. "친구 사이에 이런 정도의 편의

쯤은 아무것도 아니지."

페티스는 돈을 주머니에 넣고 경의를 표하며 맞장구쳤다. "당신은 철학자요." 그는 큰 소리로 말했다. "당신을 알기 전까지 난 팔푼이였어요. 당신과 K선생, 두사람에게 협력할 거예요. 맹세해요. 하지만 날 어른으로 만든 건 당신이에요."

"물론, 우린 앞으로도 그럴 거야." 맥팔레인이 부추겼다. "어른이라고? 자네에게 말해주지. 요전 새벽에 날 도와줄 사람이 필요했지. 만일 덩치 크고 시끄러운 사십대 겁쟁이였다면 그 빌어먹을 물건을 보기만 해도 구역질했을 거야. 그런데 자넨 아니었어. 자네는 냉정했어. 내가 지켜봤거든."

"그럼, 안 그럴 이유가 있나요?" 이렇게 페티스는 자신을 치켜세웠다. "그 물건은 제 알 바 아니죠. 한편 생각하면 시끄럽기만 했지 이익이 될 게 없었지요. 다른 한편 당신이 고맙다고 사례할 터이니 저도 좋고, 그렇지 않아요?" 그러고는 금화가 쩔렁거릴 때까지 주머니를 툭툭 쳤다.

맥팔레인은 그의 말이 마음에 들지 않았고 일말의 불안감마저 느꼈다. 아마 그는 이 젊은 친구를 너무 잘 지도한 것에 대해 후회했을 것이다. 그러나 상대방이 자랑스러운 어조로 계속 시끄럽게 떠들어댔기 때문에 중간에 말을 끊을 새가 없었다.

"가장 중요한 건 겁먹지 말아야 한다는 거지요. 이제 우리끼리 이야깁니다만, 전 목매달려 죽고 싶지 않아요. 이게 중요하지요. 그러나 자랑 같지만, 맥팔레인, 나는 태어날 때부터 경멸, 지옥, 하느님, 악마, 선, 악, 죄, 범죄, 그리고 온갖 흥미진진한 잡것을 다 지닌 놈이에요. 애들은 이런 것에 겁을 먹지만, 당신과 나처럼 산전수전 다 겪은 사람들은 그런 것을 경멸하지요. 자, 그레이를 기념하며 건배!"

그때는 이미 밤이 이슥해졌다. 미리 요청한 대로 마차는 좌우의 등이 환히 켜진 채 문 앞에서 대기 중이었고, 두 젊은이는 값을 치르고 길을 떠나야만 했다. 그들은 피블스로 간다고 말한 후 그쪽 방향으로 마차를 몰았다. 그러나 읍내 마지막 주택마저 보이지 않는 지점에서 등을 끄고 왔던 길로 되돌아간 다음, 샛길로 글렌코스를 향해 나아갔다. 들리는 것이라고는 그들이 탄 마차가 지나가는 소리와 세차게 계속 쏟아지는 빗소리뿐이었다. 칠흑같이 어두운 밤이었다. 밤의 어둠을 가로지르며 가는 동안 여기저기 산재해 있던 하얀색 대문과 돌이 잠깐씩 길안내를 했다. 그러나 대부분은 보행속도로 나아갔는데, 거의 더듬거리다시피 하며 그들은 사방의 어둠속에서 길을 찾아 외딴곳에 위치한 엄숙한 분위기의 목적지를 향해 나아갔다. 매장 지역을 관통하는 길들은 푹 꺼졌기 때문에 희미한 불빛조차 들어오지 않았고, 따라서 성냥을 켜서 마차의 한쪽 편 랜턴에 불을 붙여야 했다. 이렇게 하여 물이 뚝뚝 떨어지는 나무 밑을 지났다. 너울거리는 커다란 그림자에 둘러싸인 채 그들은 불경스러운 노역의 현장에 도착했다.

두사람 모두 이런 일에 노련한 경험자였기에 힘차게 삽질을 했다. 일을 시작한 지 이십분도 채 되지 않아서 삽이 관뚜껑에 부딪혀 둔중한 소리를 냈고, 그들의 노력은 성과를 보았다. 바로 이때 맥팔레인이 돌에 부딪혀 손을 다쳤고 별생각 없이 돌을 머리 위로 던졌다. 무덤은 교회묘지의 높은 곳 언저리에 자리하고 있었고 두 사람은 거의 어깨 깊이까지 파들어갔다. 마차 랜턴은 그들의 작업을 잘 비출 수 있도록 시냇가로 뻗은 경사 급한 제방 끝자락의 나무에 걸어놓았다. 돌이 그쪽으로 날아간 것은 정말 우연이었다. 유리가 깨지는 소리가 들렸고 사방이 깜깜해졌다. 둔탁한 소리와 쨍그랑거리는 소리가 번갈아 난 것으로 보아 랜턴이 제방 아래로 굴러 내려가면서 가끔 나무와 부딪치는 것 같았다. 내려가면서 부딪친 돌 한두개 구르는 소리가 숲속 깊숙이 퍼져나갔다. 그러고는 다시 어둠과 함께 정적만 흘렀다. 그들은 귀를 기울여 아주 작은 소리까지 들으려 했으나 빗소리 외에 아무것도 들리지 않았다. 비는 바람에 날리며 광활하게 펼쳐진 대지 위로 줄기차게 내렸다.

지긋지긋한 작업이 거의 끝나가고 있었으므로 그들은 어둠속에서라도 마저 끝내는 게 현명하다고 판단했다. 관이 올라왔고, 뚜껑이 부서지며 관이 열렸다. 시신은 물이 뚝뚝 흐르는 자루 속에 담겨서 두사람에 의해 마차로 옮겨졌다. 한사람은 마차에 올라타서 시신이 움직이지 않도록 애를 썼고, 또 한사람은 말의 재갈을 잡고 벽과 나무들 옆을 더듬으며 나아갔는데 마침내 피셔스트리스트로 가는 큰길에 다다를 수 있었다. 거기에 이르자 어슴푸레한 빛이 보였는데, 마치 대낮의 햇빛처럼 반가웠다. 희미한 빛에 의존하여 그들은 말을 빨리 몰았고, 마차는 유쾌하게 덜컹거리며 읍을 향해 달려갔다.

그들은 작업하느라 속살까지 비에 젖었다. 마차가 골이 깊게 파인 길을 덜컹거리며 가는 동안 두사람 사이에 걸쳐놓은 물건은 한번은 이쪽으로 한번은 반대쪽으로 쏠렸다. 섬뜩한 접촉이 반복될 때마다 두사람 다 본능적으로 전보다 더 황급히 그것을 밀쳐냈다. 이런 반응이야 당연한 것이지만 이로 인해 두사람은 신경이 날카로워졌다. 맥팔레인은 농부의 아내에 대해 꺼림칙한 농담을 했지만, 입에서 내뱉자마자 허공을 맴돌다 침묵 속으로 사라져버렸다. 비정상적인 그들의 짐은 계속해서 이쪽저쪽으로 부딪쳤고, 가끔은 머리 부분이 마치 은밀하게 말하는 것처럼 그들의 어깨 위에 놓여지기도 했다. 또 가끔은 물이 떨어지는 마대자루가 그들의 얼굴 주변에서 차갑게 펄럭거리기도 했다. 페티스는 영혼 깊숙이 소름이 돋기 시작했다. 그는 묶어놓은 꾸러미를 보았는데, 처음 볼 때보다 어쩐지 커진 것 같았다. 시골길을 달리는 내내 농장의 개들은 그들이 멀어질 때까지 구슬프게 짖으며 따라붙었다. 자연의 법칙에 반하는 어떤 기적이 일어났다는 느낌, 시체에 어떤 원인 모를 변화가 일어났다는 느낌, 그리고 개가 짖는 이유가 그 불경한 짐에 대한 두려움 때문이라는 느낌이 그의 마음속에서 점점 커져갔다.

"제발." 그는 엄청난 노력 끝에 겨우 입을 열 수 있었다. "제발, 불 좀 켭시다."

맥팔레인도 아마 똑같은 생각을 하고 있었던 것 같다. 그는 대답하지 않았지만 말을 세우고 고삐를 동료에게 넘긴 다음 마차에서 내려 깨지지 않고 남아 있는 램프에 불을 붙이러 갔다. 그때 그들은 오켄클리니로 가는 네거리에 겨우 도달했을 뿐이었다. 비는 여전히 노아의 홍수가 다시 도래한 것처럼 쏟아졌다. 비가 억수같이 내리는 어둠속에서 불을 켜기란 쉬운 일이 아니었다. 마침내 꺼질 듯 흔들리던 푸른 불꽃이 심지로 옮겨붙으며 커지자 주변이 밝아졌다. 마차 주변으로 커다란 원형의 희뿌연 광채가 발산되자 비로소 두 젊은이는 서로서로를, 그리고 싣고 가던 물건을 볼 수 있었다. 비로 인해 마대자루 속 시신이 거친 천에 착 달라붙어 몸매가 드러났다. 머리와 몸통이 구분되었고, 어깨는 평범한 형태였다. 그것은 유령 같으면서도 인간적인 어떤 성질을 가지고 있었기에 그들은 함께 달려온 이 섬뜩한 동료에게서 눈을 뗄 수 없었다.

한동안 맥팔레인은 램프를 든 채 꼼짝도 하지 않았다. 형언할 수 없는 두려움이 젖은 시트처럼 시신을 감싸고 있었고, 두려움으로 페티스 안면의 하얀 피부가 탱탱해졌다. 이유를 알 수 없는 두려움, 불가능한 일이 일어났다는 공포감이 그의 머릿속까지 스멀스멀 올라왔다. 조금 후 그가 말하려 했다. 그러나 동료가 그보다 먼저 말했다.

"이건 여자가 아니야." 맥팔레인이 숨죽인 목소리로 말했다.

"집어넣을 땐 여자였어요." 페티스가 속삭이듯 말했다.

"램프를 들어봐." 상대방이 말했다. "얼굴을 봐야겠어."

페티스가 램프를 들고 있는 동안 그의 동료는 묶어놓은 자루를 풀고 덮개를 얼굴에서 아래로 잡아당겼다. 불빛이 비춘 것은 의심의 여지 없이 거무튀튀하고 뚜렷한 이목구비와 깔끔하게 면도한 뺨으로, 두 젊은이가 꿈속에서 종종 보았던, 그들이 아주 잘 알고 있던 사람의 얼굴이었다. 야수 같은 울부짖음이 밤공기 속으로 울려퍼졌다. 제각각 자신이 앉은 쪽 길로 뛰어내렸다. 램프가 떨어져 깨지면서 불이 꺼졌다. 그러자 이 예기치 않은 소동에 겁먹은 말이 펄쩍 뛰면서 에든버러를 향해 질주했는데, 마차를 독차지한 유일한 손님은 죽어서 오래전에 해부된 그레이의 시신이었다.

통속소설과 고전은 어떻게 다른가?

1

들어본 적은 많아도 읽어본 적은 없는 게 명작이란 말이 있지만, 로버트 루이스 스티븐슨(Robert Louis Stevenson, 1850~94)의 『지킬 박사와 하이드 씨의 기이한 사례』(*Strange Case of Dr Jekyll and Mr Hyde*, 1886)야말로 읽기도 전에 내용을 안다고 생각하는 작품이 아닐까 싶다. 아마도 원작을 직접 읽은 경우보다는 아동용 축약본이나 각색된 영화나 드라마를 통해 이 작품을 접한 경우가 훨씬 많을 것이다. 어쩌면 최근 배우 조승우가 지킬 역을 맡아 인기리에 공연한 뮤지컬 「지킬 앤 하이드」를 통해 작품을 처음 접한 경우도 있을 것 같다.

이 작품은 1886년 1월에 출판된 이후 끊임없이 드라마, 영화, 오페라 등의 대중장르로 각색되곤 했다. 이미 출간 이듬해 미국의 연극연출가 토머스 썰리번(Thomas R. Sullivan)은 작가의 공식 허락을 받아 보스턴에서 「지킬 박사와 하이드 씨」(Dr Jekyll and Mr Hyde)란 이름으로 무대에 올리기도 했다. 이 연극은 상업적으로 크게 성공을 거두지만, 이 작품을 시발점으로 지금까지 대중적 공연물 대다수는 스티븐슨의 원작과는 상당히 거리가 있는 말 그대로 각색물이었다. 각색은 조금씩 내용을 바꾸며 지금도 진행 중인데 대개 일정한 패턴이 있다. 예를 들면 지킬은 의도가 순수한 젊은 과학자이지만, 성에 대한 당대의 억압적 분위기로 인해 자신의 욕망을 하이드로 변신하여 해결하려 하고, 한번 유혹에 굴복한 결과 영원한 파멸에 직면하게 된다는 것이다. 뮤지컬 「지킬 앤 하이드」를 본 독자들은 이 구도를 익히 알고 있을 것이다. 거기에서는 지킬이 아버지의 정신병을 고치려고 약을 개발하는 순수한 동기를 품은 과학자로 나온다. 원작의 특징 가운데 하나는 작품 내에서 주요한 역할을 하는 여성이 없다는 것인데, 뮤지컬에서는 지킬에게 에마라는 약혼녀가 있고, 창녀 루시까지 조연으로 등장한다. 지킬이 마지막에 하이드의 통제에서 벗어나기 위해 자살하는 것으로 설정되어 있는데, 이 역시 원작에서는 명확하지 않은 부분이다. 원작과 각색본을 비교해보면, 공통점은 지킬과 하이드가 동일인이라는 점 정도가 아닐까 싶다.

물론 이런 각색과 변용은 원작의 대중문학적 성격과 무관하지 않다. 이 작품을 쓸 당시 스티븐슨은 보물을 찾기 위해 해적들과 싸우는 모험소설인 『보물섬』(*Treasure Island*, 1883)으로 작가적 명성을 획득했지만 생활이 그다지 안정되어 있지 않았다. 게다가 어머니로부터 물려받은 기관지 질환으로 인해 남쪽 따뜻한 곳에 새로운 집을 마련했기 때문에 재정적 압박을 크게 받고 있었다. 당시 출판계에서는 크리스마스 시장을 겨냥해 소름 끼치는 내용의 공포소설을 출간하는 것이 관행이었는데, 스티븐슨은 자신이 "파산 직전까지 몰린 상태"라 그런 요청을 받아들여 이 작품에 매진했다고 말한 적이 있다. 각색본이 보여주는 선과 악의 윤리적 갈등과 엽기적 동일성, 끔찍한 살인사건, 성적 일탈 등은 원작에 다 있는 것이다. 실제로 크리스마스 시장에서 팔리는 작품의 양태를 잘 보여주는 것이 이 책에 수록된 「시체 도굴꾼」이다. 1820년대에 에든버러에서 실제로 발생한 버크-헤어 사건을 소재로 한 이 작품은 살인, 시체 탈취, 성적 일탈 등의 선정적 소재와 죽은 자의 시체가 바뀌는 괴기스러운 공포를 적당히 버무려 독자의 관심을 끌려고 한다. 1832년 법 개정 이전에는 사형수의 시체와 같은 특수한 사체만 실습용으로 사용될 수 있었기 때문에 사립 의학전문학교에서는 합법적으로 구입할 수 있는 사체는 매우 부족했고, 이로 인해 살인을 통해 실습용 사체를 공급하는 업자들이 존재했다. 그런데 「시체 도굴꾼」은 주제와 형식 모두에서 이처럼 상업적 성공을 위해 괴기와 공포를 이용하고는 있지만, 이것이 전부는 아니다. 비록 초보적 형식이지만, 주인공 페티스가 낮에는 착실한 의학도의 생활을 하고, 밤에는 실습용 사체 거래자로 변하는 이중적 면모를 보이며, 불완전하나마 소재의 엽기성을 넘어 자신의 행위에 대한 도덕적 양심의 문제를 제기하는 측면이 있는 것이다. 이 모두는 「마크하임」 및 『지킬 박사와 하이드 씨의 기이한 사례』와 연결되는 대목이다.

엽기적이고 심리적 주제를 이용하여 공포를 유발한다는 점에서는 「마크하임」도 다르지 않다. 이 작품 역시 원래는 크리스마스 특수를 겨냥한 출판사의 요청으로 집필하였으나, 출판사가 요구한 길이를 맞추지 못해서 나중에 개작하여 따로 발표하게 된다. 그런데 그 결과 「마크하임」은 소재의 엽기성이 크게 줄어들고, 대신 자아의 진정성을 둘러싼 윤리적 문제가 본격 제기되어 「시체 도굴꾼」보다 훨씬 진지한 작품이 되었다. 예를 들면 「시체 도굴꾼」에서 페티스의 이중성은 주로 낮과 밤이 다른 생활의 이중성이지만, 「마크하임」에 오면 내면의 선과 악이라는 윤리적 이중성으로 변주된다. 「마크하임」에서 주인공이 골동품 가게 주인을 살해하는 행위는 주제 및 소재 면에서 도스또옙스끼(Dostoevsky)의 장편소설 『죄와 벌』에서 주인공이 전당포 주인을 살해하는 행위와 비교되기도 한다.

그런데 『지킬 박사와 하이드 씨의 기이한 사례』의 경우 각색본이 대중의 인기를 끌었기 때문인지 이 작품을 살인과 인간의 본질적 양면성이란 엽기적 소재를 다룬 대중적 공포소설로 이해하거나, 지킬을 순수한 과학자, 하이드를 악의 화신, 작품을 성적 억압을 다룬 멜로드라마 정도로 이해하는 독자가 적지 않은 것 같아 안타깝다. 『지킬 박사와 하이드 씨의 기이한 사례』 원작은 인간 심리의 분열 구조에 대한 깊은 이해, 빅토리아 시대 영국의 도덕적 위선에 대한 반발, 그리고 당대 여론 주도층의 자기기만성 노정 등 철학적 깊이가 녹록지 않은 작품이다. 따지고 보면 여러 대중장르의 「지킬 박사와 하이드 씨」가 누리는 상업적 성공과 대중적 인기는 원작이 당대의 사회윤리적 문제에 대한 진지한 대응이었다는 사실을 망각한 결과이다. 이는 원저의 제목만 봐도 알 수 있다. 흔히 '지킬 박사와 하이드 씨'로 번역되지만, 정확한 제목은 "*Strange Case of Dr Jekyll and Mr Hyde*"이다. 우선 당연히 있어야 할 첫 부분의 관사 'A'가 없는 것은 '기이한'(strange)이라는 말을 독자에게 바로 들이밀려는 것이다. 여기서 '사례'라고 번역했지만 영어 'case'는 법적인 경우는 '사건'이고, 정신의학의 경우가 '사례'이다. 이 작품은 기이한 살인사건을 다루는 선정적이고 엽기적인 추리소설이면서, 동시에 인간 내면에 존재하는 욕망과 윤리의 충동 및 기이한 사례를 다루는 진지한 심리소설이기도 한 것이다.

2

『지킬 박사와 하이드 씨의 기이한 사례』의 대중적 인기는 지킬과 하이드가 동일인이라는 놀라운 반전이나 엽기적 살인사건 때문만은 아니다. 형식 면에서 보면 이 소설은 고딕소설의 전통과 추리소설 형식을 절묘하게 결합한 작품이다. 소설가 헨리 제임스 (Henry James)는 이 작품의 미덕으로 심오한 철학적 깊이보다는 아주 뛰어난 형식을 지적하였다. 오늘날에는 작품에서 인간 내면을 지킬과 하이드로 분리하여 육화한 것을 미리 알고 읽는 독자들이 많을 것이다. 그런데 당대 독자들은 지킬과 하이드의 관계, 그리고 하이드의 정체성에 대해 계속 추리하며 읽다가 작품의 끝에 가서야 고매한 과학자와 추악한 살인자가 동일인이란 사실을 알았을 것이다. 이 작품은 지킬과 하이드의 관계를 독자에게 숨기다가 마지막에 두 작중인물의 직접 진술을 통해 사건의 조각들을 하나로 합치고 독자의 의문을 해소한다.

이 과정에서 작가는 진실을 숨긴 채 슬쩍슬쩍 단서를 흘려 사실 관계에 대한 독자의 상상력을 최대한 자극하며, 심지어 텍스트가 끝나는 순간에도 독자에게 사건의 실체를 확실하게 보여주지 않는다. 예를 들면 책을 덮고 난 후에도 지킬의 진술서를 쓴 사람이 지킬인지 하이드인지 헷갈리도록 플롯을 설정해놓고 있는 것이다. 헨리 제임스의 지적도 독자들이 끝까지 긴장을 유지하며 읽게 만드는 이런 장치를 높이 평가한 것이다.

그러므로 이 작품의 원본을 처음 읽는 독자는 텍스트에 심어놓은 단서들을 면밀히 따라가야, 그것도 작품이 발표된 19세기 말 영국 빅토리아 시대 후반부의 역사적 맥락 속에서 읽어야 제 맛을 느낄 수 있다. 이를 염두에 두고 작품의 몇 대목을 읽어보자. 다음은 하이드가 작품에 처음 거론되는 대목이다.

　　그런데 변호사님, 당연히 길모퉁이에서 둘이 부딪쳤는데, 그때 끔
찍한 일이 벌어졌습니다. 그 키 작은 어른이 아이의 몸을 지그시 밟고
는 아이가 바닥에서 비명을 지르는데도 그냥 두고 가는 겁니다. 말로
들으면 별것 아닌 것 같지만 볼 땐 소름이 끼치더군요. (15면)

　　이 대목은 있는 그대로 읽어도 하이드의 잔인성이 잘 드러난다.
그런데 시인 홉킨스(Gerard Manley Hopkins)는 이 대목에 대해 작
가가 "소설의 소재로 적합하지 못한 어떤 사건을 생각하고 있다"
라고 말한다. 실제로 하이드가 소녀 가족에게 배상으로 지불한 금
액은 당시 숙련노동자 1년 치 임금에 해당하는 100파운드나 된다.
이런 사실과 함께 성적 표현이 자유롭지 못한 당대의 사회적 분위
기를 생각하면 이 부분은 필시 훨씬 더 심각한 사건을 완곡하게 표
현한 것일 가능성이 있으며, 홉킨스처럼 전문 문인이거나 당대의
눈치 빠른 독자들은 그렇게 해석했을 것이다. 그런데 재미있는 점
은 이야기를 전한 엔필드의 이어지는 발언이다.

　　그런데 그 돌팔이 말이 애가 다쳤다기보다는 놀란 것이라고 하더
군요. 형님은 이쯤에서 일이 끝났다고 생각하시겠지요. (15면)

　　엔필드의 말은 소녀는 다친 게 아니라 놀랐다는 것이다. 그렇다

면 홉킨스가 지나친 상상을 한 것일까? 다시 조금 후 엔필드가 하는 말을 들어보자.

제 생각엔 협박입니다. 정직한 분인데 젊은 시절 불장난으로 인해 값을 톡톡히 치르고 있는 거지요. 궁리 끝에 저는 저 문 달린 집에 '협박의 집'이라는 이름을 붙였습니다. 하지만 아시다시피 그것만으론 도저히 설명이 안됩니다. (17면)

『롤리타』(*Lolita*)라는 작품으로 유명한 소설가 나보코프 (Vladimir Nabokov)는 이 대목을 두고 지킬과 하이드가 동성애적인 관계에 있다고 주장한다. 이 또한 당대의 상황을 알 필요가 있다. 작품이 쓰인 1885년에는 남성 간 모든 형태의 성적 행위를 금지하는 일명 '협박자 특별법'이 의회를 통과했고, 소설가 오스카 와일드가 바로 이 법에 의해 처벌받기도 했던 만큼, 당대 독자들에게 이러한 연상은 자연스러운 데가 있다.

오늘날 독자들이 주목해야 할 점은 작가가 흥미를 부추기는 방식이다. 그는 작중인물을 통해 하이드가 강간범이라는 사실을 은근히 흘렸다가, 다시 그런 건 아니고 애가 크게 놀란 정도라고 말하면서 독자의 상상을 제한한다. 그러다 다시 두사람이 동성애적 관계임을 암시한다. 그러면서도 "그것만으론 도저히 설명이 안됩니다"라고 자신의 추리를 부정함으로써 독자들에게 새로운 추리를 유도한다.

엔필드가 은근슬쩍 흘리는 또다른 가능성은 이번에는 어터슨이 이어받아 독자에게 전달한다. 다음은 어터슨과 하이드가 처음 대면하는 장면이다.

"부탁 하나 들어주시겠소?" 어터슨 씨가 말했다.

"기꺼이." 상대방이 말했다. "그런데 부탁이 뭐요?"

"당신의 얼굴을 한번 보여줄 수 있겠소?" 변호사가 물었다.

하이드 씨는 주저하는 것 같았다. 그러다 무언가 생각난 듯 갑자기 몸을 돌리더니 대들 기세로 상대방을 정면으로 응시했다. 두사람은 수초간 뚫어지게 상대방을 바라보았다. "다음에 만날 때 당신을 알아볼 수 있겠군요." 어터슨 씨가 말했다. "이게 도움이 될 겁니다."

"그래요." 하이드 씨가 대꾸했다. "우리가 만난 건 잘된 일이오. 때마침 잘 만났군요. 당신은 내 주소를 가지고 있어야겠지요." 그러고는 소호 거리의 번지수를 내밀었다.

'맙소사! 이자도 유언장을 생각하는 건가?'라고 어터슨은 생각했다. (28~29면)

엔필드가 은근슬쩍 던진 말을 근거로 어터슨은 하이드의 얼굴을 보고 두사람의 관계를 추정하려 한다. 즉 하이드가 지킬의 "젊은 시절 불장난"으로 인한 사생아일 가능성이다. 동시에 자기의 주소를 건네는 하이드의 행위는 그가 지킬이 작성한 유언장의 존재를 알고 있다는 암시를 담고 있다.

이처럼 『지킬 박사와 하이드 씨의 기이한 사례』를 읽는 일차적 재미는 작가가 계획적으로 설치한 단서를 따라 하이드의 정체를 추리하는 일에 있다. 더구나 하이드의 정체성은 성적 일탈과 긴밀히 연관되어 있다. 그러나 그것은 확정되지 않은 채 계속 독자의 흥미를 자극한다. 하이드는 작품의 진행에 따라 아동강간범, 협박범, 동성애자, 사생아, 지킬의 친구이자 후원자, 커류 살해범, 지킬 살해미수범, 매독환자, 편지 위조범 등 계속적으로 그 정체성이 달라진다. 지킬의 정체성 또한 하이드의 정체성이 바뀔 때마다 함께 출렁인다. 이는 물론 독자들이 당대의 분위기를 어느정도 염두에 두고 꼼꼼하게 읽을 때 찾을 수 있는 것이다. 소설에서 작가는 가끔 필요 이상으로 독자를 자극하기도 한다. 자극성 강한 주제로 독자의 관심을 유인하는 가장 절묘한 예는 어터슨이 하이드의 찌그러진 얼굴에 대해 풀에게 하는 말이다.

풀, 자네 주인은 큰 고통이 있고 신체를 변형시키는 그런 병에 걸린 게 확실하네. 내가 아는 바로는 그래서 목소리가 변한 것이고, 그래서 마스크를 쓰고 친구를 피했던 것일세. (71~72면)

지킬의 매독 감염을 시사하는 부분이다. 그러나 곧바로 집사 풀로부터 반박을 당한다. 이는 플롯에서 따로 역할이 없는 일회성 추리에 불과한 대목이니, 작가가 추리적 장치를 필요 이상으로 낭비하고 있다고 해야 할 것이다.

이렇게 작가는 추리에 새로운 추리를 더하는 방식으로 독자의 상상력을 자극하면서 지킬과 하이드의 정체에 대한 궁금증을 확대하고, 진실이 드러나는 순간을 작품 끝에 나오는 래니언과 지킬의 최후진술까지 끌고 나간다. 그렇다면 지킬과 하이드의 관계를 이미 알고 있는 오늘날 독자의 입장에서는 읽는 재미가 덜할 것인가? 물론 둘의 관계를 몰라야 추리소설의 장치가 원활하게 작동되겠지만, 고전적 위상의 문학작품이 보여주는 흥미로운 점은 결말을 아는 것이 반드시 독서의 실감을 떨어뜨리지 않는다는 사실이다. 오히려 둘의 동일성을 알기 때문에 지킬과 하이드의 관계를 새롭게 해석할 길이 열리게 된다. 예를 들면 어터슨이 하이드와의 관계를 추궁하자 지킬이 다음과 같이 대답하는 대목이다.

나는 자네를 완전히 믿네. 세상 누구보다도, 아니 만일 선택을 할 수 있다면 나 자신보다 자네를 더 믿네. 그러나 이 일은 자네가 생각하는 그런 뜬금없는 것이 아니야. 그 정도로 고약한 건 아닐세. 그리고 자네의 심적 부담을 덜어주기 위해 하는 말이네만, 이것 하나는 알려주지. 내가 원할 땐 바로 하이드 씨와 관계를 끊을 수 있다네. (37면)

리처드 듀리(Richard Dury)는 '원하기만 하면 끊을 수 있다'는 말이 약물중독자의 전형적 발언에 해당한다고 지적하면서, 하이드는 "우리가 두려워하고, 그래서 숨기고 의식에서 배제한 그 모든 것을 의미하는" 존재의 비유라고 말한다. 이럴 경우 하이드적인 것이 자신에게 무엇일까 생각하면서 작품을 읽는 재미를 새롭게 맛볼 수 있게 된다. 예를 들면 하이드는 마약중독이나 아버지에 대한 반항으로도 읽을 수 있고, 어쩌면 증권투자 실패로 보더라도 그럴듯하지 않을까?

3

　그런데 『지킬 박사와 하이드 씨의 기이한 사례』가 선정적 주제를 감추면서 은근히 드러내는 그렇고 그런 추리소설에 그쳤더라면 당대의 일시적 인기는 얻었을지언정 오늘날까지 꾸준히 읽히는 고전급 작품은 될 수 없었을 것이다. 이 작품에서 눈여겨보아야 할 점은 작가가 작품 전체에서 선정성을 전면에 내세우지 않으려 노력한 흔적이 역력하다는 사실이다. 실제로 작품 전체를 보면 선정적 주제에 대한 암시는 초반에 집중되어 있을 뿐, 댄버스 커류 경(卿) 살해사건부터는 텍스트의 초점이 전적으로 선과 악의 갈등이라는 형이상학적 주제, 그리고 지킬의 '초자연적 의학'에 내포된 윤리적·신학적 문제로 옮겨간다. 텍스트 내에서 범죄는 커류 살해사건을 제외하면 성냥팔이 여자에 대한 폭력, 편지 위조, 신성모독을 담은 낙서, 지킬 부친의 초상화 태우기 정도이며, 최소한 성적 함의에서는 한참 벗어난 유형의 악행들이다.
　이런 점에서 마지막 장인 '사건 전모에 관한 헨리 지킬의 진술'

은 아주 중요하다. 이 부분은 다른 부분에 비해 난삽하고 추상적 문체로 서술되어 있고, 애석하게도 기존 번역의 경우 제대로 번역되지 못하거나 누락된 경우가 허다해 독자들의 주목을 제대로 받지 못한 면이 있다. 여기서 지킬은 다음과 같이 말한다.

그런데 나의 가장 큰 결점은, 뭐랄까, 쾌락에 탐닉하는 기질로서, 이 기질 덕분에 행복하게 지낸 사람들도 많겠지만 나로서는 보통사람보다 진지한 표정을 지으며 대중 앞에서 머리를 치켜들고 다니고 싶은 내 오만한 욕망과 병립시키기 어려웠다. 이로 인해 쾌락에 탐닉한다는 사실을 은폐하게 되었고, 나 자신을 반추할 나이가 되어 주변을 둘러보고 세상에서의 나의 활약과 지위를 따지기 시작했을 때는 이미 심각할 정도로 표리부동한 인간이 되어 있었다. (96~97면)

어린 시절부터 숨겨온 성적 욕망과 사회적 억압에 대한 진술이다. 그런데 지킬이 하이드로의 변신을 꿈꾸게 된 진짜 이유는 일반적으로 생각하는 것처럼 어쩔 수 없는 성적 욕망이나 사회적 억압 때문만은 아니다. 오히려 남의 존경을 받고 살려는 '사회적 욕망'으로 인해 자신의 본모습을 숨기려고 했기에 변신을 꿈꾸게 된 것이다. 즉 지킬이 표리부동한 이중인격자가 되고, 나중에 자신의 욕망을 하이드라는 별개의 존재로 분리하고 육화시켜 도덕적 분열을 해결하려 한 가장 큰 이유는 야심과 욕망의 솔직한 발현을 허용하지 않는 당대의 도덕적 편협성 때문이었다. 지킬이 위선자가 된 것은 그 자신의 탓만은 아니며, 지나치게 편협한 당대 부르주아 계급의 위선적 도덕률에도 적지 않은 책임이 있다. 따라서 지킬이 '쾌락에 탐닉하는 기질'과 '사회적 욕망' 사이의 괴리로 인해 위선자가 되었다고 고백할 때 그 나름 설득력이 있고, 배덕자 하이드와의 대비를 통해 '희생자' 지킬에 대해 독자의 동정심까지 유발한다.

실제로 당대 사회의 주류로 부상한 부르주아 계급은 19세기 내내 자신들의 권위를 강화하기 위해 점잖고 진지한 종교적 삶의 태도를 보란 듯이 강조했다. 그러나 이런 진지함이란 곧잘 인간의 본능적 욕망을 죄악시하고 부정하면서 편협하고 위선적 태도로 변질될 수 있는데, 19세기 후반 영국사회에서 도덕적 이중성은 당대의 가장 심각한 문제 가운데 하나였다. 지킬이 하이드로 변신한 자신의 모습을 처음으로 확인하는 대목을 보자.

그런데도 거울 속 흉측한 형상을 볼 때 나는 혐오감을 전혀 느끼지 못했고 오히려 뛸 듯이 반가웠다. 이 역시 나 자신이 아닌가. 그것은 자연스럽고 인간적인 존재로 보였다. 내 눈에는 거울에 비친 이 영상이 정신적으로 더 활기차고, 지금까지 내가 내 것이라고 습관적으로 부른 불완전하고 분열된 생김새에 비해 더욱 완전하고 통일된 모습으로 보였다. (102면)

하이드를 만난 인물들은 한결같이 그를 혐오한다. 그렇기 때문에 지킬이 자신의 흉측한 모습을 보고 자연스러운 원래의 모습으로 반기는 것은 독자들에게는 의외일 수 있다. 그러나 밖으로 드러난 허식을 자기 모습으로 착각하고 자신의 진정한 모습을 외면하는 당대의 도덕적 위선에 대한 작가의 은근한 저항 또는 경멸로 이 대목을 읽는다면 이해되는 면이 있을 것이다. 자신의 욕망과 사회적 억압 사이에 번민하던 지킬은 "인간은 진실로 하나가 아니라 진실로 둘"이라는 프로이트적 진실을 이미 알고 있었던 것이다.

지킬은 의학과 화학을 전공한 과학자이고, 자선활동에 적극 참여하며, 신문에 칼럼을 쓰는 여론 주도층에 속한다. 커류 살해사건 이후에는 성실한 기독교인으로 명성을 이어나간다. 그는 빅토리아 후기 영국사회의 윤리적 이념을 표면적으로는 가장 잘 구현한 인물이다. 동시에 20세기 초 서구사회의 주도적 계층으로 부상하는 전문경영자 계층의 이념인 전문성, 교양, 봉사, 신앙심 등을 체현하고 있다. 이 작품의 진정한 장점은 인간 내부에 우리가 의식하지 못하는 욕망이 있다는 프로이트적인 통찰 못지않게, 이렇게 당대를 대표하는 고매한 인물이 하이드처럼 타락과 죄악을 저지르고 있다고 고발하는 점에 있다. 우리들은 도덕적 패륜과 위협적 폭력을 흔히 가난하거나 소외된 자의 소행으로 돌리는 버릇이 있다. 고딕적 전통을 이어받은 공포소설 장르를 채택한 것은 작가가 상업적 이익을 최대한 얻기 위한 전략이지만, 텍스트는 대중적 형식 속에 당대의 진지한 사회문제, 예를 들면 당대 지배계층의 위선, 성적·가부장적 억압, 19세기 과학의 문제점 등을 작품 속으로 끌어들이고 있다. 그 결과 『지킬 박사와 하이드 씨의 기이한 사례』는

2급의 공포소설을 뛰어넘어 고전급의 작품이 되었다.

4

　이 작품의 속살이 당대 전문경영자 계층의 도덕적 위선이 파멸에 이르는 과정을 드러낸 점이라는 사실을 염두에 두고 텍스트를 읽어보면 일반적으로 알려진 내용과 상당히 다른 점을 발견할 수 있다. 우선 지킬과 하이드는 선과 악으로 딱 구분되지 않는다. 선과 악 이분법의 실패는 궁극적으로 지킬과 하이드가 둘이면서 하나라는 존재론적 차원의 모순 때문이다. 그러므로 지킬은 하이드로 변해서 자신의 싸디즘적 욕망을 해결하려 들지만, 하이드 역시 자신의 안전을 위해 다시 지킬로 돌아가려 한다. 그런데 그것만이 아니다. 두사람의 존재론적 동일성은 텍스트 끝에서 밝혀지는 사실이고, 그 이전에 텍스트는 지킬의 인간관계와 사회생활 자체에 윤리적 문제가 있음을 여러번 보여준다. 예를 들면 지킬은 자신의 연구를 이해하지 못한다는 이유로 오랜 친구인 래니언을 경멸한다. 그는 공원에서 자신이 의식하지 못한 사이에 하이드로 변신하자 다시 지킬로 돌아가기 위해 필요한 물약을 구한다. 지킬은 래니언에게 이 일을 도와주면 "내 평생의 은인이 될 걸세"라고 말한다. 그럼에도 불구하고 그는 약을 손에 넣자마자 래니언에게 다음과 같이 말한다.

이제부터 일어나는 일에 대해 우리는 의사니까 업무상 비밀을 지켜야 하네. 그래, 자넨 아주 오랫동안 매우 편협한 유물론적 관점에 집착해 초자연적 의학의 힘을 부정하였고, 자네보다 뛰어난 자들을 조롱했었지. 보게나! (94면)

자신의 과학적 업적을 인정하지 않는 친구에 대한 일종의 심리적 복수이다. 이런 협량은 결국 래니언이 죽게 만드는 결정적 원인으로 작용한다. 또 댄버스 커류 경이 살해되고 난 후 지킬이 어터슨에게 한 말을 보자.

하이드가 어떻게 되든 나와는 상관없는 일이네. 개하고는 완전히 끝났으니까. 내가 걱정하는 건 가증스러운 이 일로 인해 내 평판이 위태로워지는 것일세. (48면)

지킬은 하이드가 살인을 저질렀음에도 불구하고 자신의 개인적 명성이 더럽혀질까봐 걱정하는데, 친한 친구인 어터슨이 보기에도 무책임하고 이기적인 모습이다.

이처럼 원전 텍스트를 읽어보면, 의도는 순수하나 인간의 본질이 양면적이기 때문에 어쩔 수 없이 파멸한다는 식의 해석과는 상당히 다른 내용의 작품임을 알 수 있다. 오히려 작가는 지킬이 파멸하게 된 이유가 인간의 본질적 분열 못지않게 당대에 팽배한 위선과 지킬 자신의 도덕적 한계에 있다는 경고를 당대인에게 보내고 있는 것이다. 이 작품에서 이런 도덕적 경고는 다음과 같은 장면에서 절정에 이른다.

나는 벤치에 앉아 햇볕을 쬐고 있었고, 내 안의 야수는 기억의 살점들을 핥고 있었다. 그러나 나의 영적 측면은 깨어나면 회개하겠다고 약속하고 살며시 잠이 든 상태였으니, 회개는 아직 시작되지 않았다. 결국 나는 내 이웃과 다를 바 없다고 생각했다. 그러고는 나 자신을 남들과 비교하며, 즉 자선활동에 적극적인 나와 타인의 고통에 둔감하고 잔인할 정도로 굼뜬 남들을 비교하며 빙그레 웃었다. 그런데 이렇게 허영심을 느낀 바로 그 순간 현기증과 함께 지독한 구토와 맹렬한 오한이 엄습했다. 그 증상이 사라지자 정신이 가물가물했다. 이어서 어지러운 증세가 가라앉았는데, 그때 나는 내 성격이 조금 전보다 훨씬 대담해지고, 위험을 경멸하게 되었으며, 의무의 속박에서 벗어났다는 것을 느끼기 시작했다. (114~15면)

댄버스 커류 경 살해 이후 지킬은 자신의 야수적 측면에 경악하고, 회개와 더불어 경건하고 금욕적인 삶으로 돌아간다. 또한 자신이 저지른 죄악을 변상하기 위해 이웃의 고통을 덜어주는 자선활동에 활발히 참여한다. 그런데 지킬은 공원에서 편안하게 볕을 쬐다가 자신의 선행에 흡족해하는 순간, 자신도 의식하지 못하는 사이에 하이드로 변신한다! 자신이 행한 죄악을 잊고 도덕적으로 자만하는 순간 하이드로 변신하게 된다는 것은 당대 지배계층의 위선을 겨냥한 심원하고 준엄한 도덕적 경고가 아닌가.

5

이제 『지킬 박사와 하이드 씨의 기이한 사례』가 대중적 매력을 듬뿍 담고 있는 추리소설이면서도 동시에 당대의 사회문제와 인간 심리구조에 대한 만만치 않은 통찰을 담고 있는 작품이란 점은 어느정도 설명이 되었을 것이다. 그렇다면 본격문학에서 이 작품의 위상은 어떠할까? 오랫동안 이 작품은 대중적 인기로 인해 오히려 비평가들로부터 제대로 대접을 못 받은 측면이 있다. 특히 20세기 전반의 모더니즘은 대중과의 소통을 경시하는 엘리뜨주의로 인해 스티븐슨은 아동문학가 정도로 격하되기도 했다. 그러다가 1980년대 이후 대학교재로 가장 널리 쓰이는 『영문학 노턴 앤솔러지』(*The Norton Anthology of English Literature*) 8판 소설장르에 조지프 콘래드(Joseph Conrad)의 『어둠의 속』(*Heart of Darkness*, 1899)과 스티븐슨의 『지킬 박사와 하이드 씨의 기이한 사례』 단 두편이 실리게 되었다. 리얼리즘에서 모더니즘으로 이행하는 과정에 위치한 문학사적 입지, 다양한 서술기법을 배울 수 있는 교육적 효과, 텍스트 자체의 추리소설적 기법, 탈근대주의 비평이 선호하는 텍스트의 개방성과 중층성, 진화론과 과학주의라는 문화연구적 관심으로 인해, 수업에서 소화할 수 있는 적절한 분량까지 갖춘 이 작품은 본격문학으로서 인정받게 되었다.

이처럼 스티븐슨에 대한 평가는 다시 제자리를 찾아가고 있는 셈인데, 그럼에도 불구하고 이 작품은 비슷한 시기에 발표되어 고전의 반열에 오른 토머스 하디(Thomas Hardy)의 『더버빌가의 테스』(*Tess of the d'Urbervilles*, 1891)나 콘래드의 『어둠의 속』에 비하면 아무래도 2급의 고전이라 해야 할 것이다. 이 작품이 인간 심리의 이중성에 대한 깊은 이해, 스티븐슨이 글을 쓰던 빅토리아 시대 영국의 도덕적 위선에 대한 반발, 그리고 당대 여론 주도층의 자기기만성 노정 등 깊이가 녹록치 않음은 이미 말한 바이다. 그러나 문제는 이렇게 당대 사회의 중요한 도덕적·사회적 쟁점을 끌어왔지만, 정작 당대 사회에 대한 비판, 자신에 대한 반성과 통찰이란 면에서 『더버빌가의 테스』나 『어둠의 속』만큼 치열하지 못하다. 즉 문제점을 제대로 제기해놓고도 정면대결을 감당하지 못하고 회피하는 면이 있는 것이다.

지킬은 자신의 야심과 당대의 편협한 도덕률 간의 간극으로 고민하며, 이 과정에서 "인간은 진실로 하나가 아니라 진실로 둘이라는 사실"을 발견한다. 지킬은 자신이 진리를 발견한 결과 "무참한 파멸에 직면하고 말았다"라고 말하지만, 주체의 분열을 발견하고 그것을 하이드라는 선명한 이미지로 투사한 것은 오히려 지킬(그러니까 작가)의 공적일 것이다. 문제는 "화해 불가능한 둘이 하나의 다발로 묶인 것, 즉 고통스러운 의식의 자궁 속에서 양극단에 위치한 쌍둥이가 끊임없이 투쟁하는 것이야말로 인류에게 가해진 저주였다"(98~99면)라는 그의 인식이다. 요컨대 지킬은 분열을 의식하고 반발하지만, 둘을 하나로 통합해서 전체를 보며 문제를 풀려고 하는 것이 아니라, '과학'의 방법을 통해 자신에게서 하이드를 분리시킨다. 그런데 이렇게 윤리적 차원을 보지 못하고 기술적 차원만 따지는 것은 소위 '과학'의 문제점이 아닌가. 더구나 여기서 한걸음 더 나아가서 지킬은 하이드가 자신의 일부라는 사실을 부정하는 방향으로 나아간다. 지킬은 하이드의 모습을 처음 본 순간 "이 역시 나 자신이 아닌가"라며 분열된 자아를 자신의 모습으로 수용하였다. 그러나 하이드를 만든 것이 지킬 자신이고, 그 섬뜩한 모습이 바로 자신의 모습이라는 사실을 인식함에도 불구하고, 이런 인식은 당대 주류계급의 이중성을 통렬하게 비판하는 계기로, 동시에 사회의 주도계층으로서 자신 역시 그 이중성을 가지고 있다는 반성의 계기로 이어지지는 못한다.

지킬의 대응은 오히려 정반대이다. 그는 하이드가 "전적으로 사악한 존재"일 따름이고, 자신도 "모순적 합성물이므로 교정과 개량이 불가능한" 존재라고 미리 단정한다. 그 결과, "이 역시 나 자신이 아닌가"라는 결정적 순간은 철저한 자기인식으로 옮겨가지 못한다. 오히려 하이드로의 변신이 가져다준 "면책특권"의 기회를 이용하여 욕망을 충족하고, "무미건조한 학자의 삶"에서 벗어날 기회로 이용한다. 이 단계에 오면 작가가 원래 가졌던 도덕적 진지함은 크게 약화된다. 그 결과 지킬은 자신의 일부로 긍정한 하이드를 점차 자신과 분리하기 시작한다.

  헨리 지킬은 가끔 에드워드 하이드의 행위 앞에서 기겁하고 놀랐
다. 그러나 일반 법률이 적용되지 않는 상황이었고 따라서 시나브로
양심의 통제는 느슨해졌다. 결국 죄지은 자는 하이드이며, 하이드일
따름이었다. 지킬은 예전과 다를 바 없어서 자고 깨어나면 외관상 아
무런 상처 없이 본래의 선량한 성정의 인간으로 되돌아갔다. (105면)

결국 사회적 감시에서 벗어난 지킬의 양심은 하이드가 저지른
죄악은 전적으로 하이드의 책임으로 돌리고, "죄지은 자는 하이드
이며, 하이드일 따름"이라는 일종의 자기기만에 빠지게 된다. 그는
선악의 투쟁에서 더 나은 자아를 선택했지만 이를 지키지 못했다
고 고백한다. 하지만 곧이어 "절대 다수의 인간들에게 일어난 일이
나에게도 일어났"다고 하면서, 그런 의미에서 자신 역시 "은밀히
죄짓는 평범한 사람"이라고 주장한다. 겸손한 신앙고백처럼 들리
지만 사실은 자신이 행한 범죄행위에 대해 신학적 면책을 시도하
는 것에 불과하다.
  미국의 문학사가인 월터 호턴(Walter Houghton)은 위선을 순
응, 도덕적 허식, 회피의 세 단계로 구분한다. 위선 가운데 가장 심
각한 수준은 거짓을 말하는 것보다 문제 자체가 존재하지 않는 것
처럼 의식에서 배제하는 회피이다. 작품의 마지막 부분을 보자.

지킬은 하이드가 겉으로 보기엔 생명의 활력으로 넘치지만 실제로는 악마적일 뿐만 아니라 심지어 생명체도 아니라고 생각했다. 충격적인 사실은 이런 지옥의 흙덩이가 고래고래 고함치는 것이었고, 형체 없는 티끌이 손짓 발짓을 하며 죄를 짓는 것이었으며, 죽고 형체없는 것이 생명의 역할을 찬탈하는 것이었다. (119~20면)

지킬의 또다른 자아, 즉 자기보다 더 자기다운 존재로 여겨졌던 하이드는 지킬과 관계없는 존재가 되었다가, 여기에 오면 마침내 생명의 영역에서 밀려나 '형체 없는 티끌'로 전락하게 된다. 지킬은 자신이 저지른 행위에 대해 자신이 만든 존재를 증오하고 미워하는 것으로 책임을 지고— 정확하게 말하면 책임을 회피하고—있는 것이다.

6

『지킬 박사와 하이드 씨의 기이한 사례』는 자아와 사회에 대한 진지한 통찰에서 출발하지만 그 진지함을 끝까지 유지하지 못하고, 결국은 자신이 제기한 문제를 회피하고 자기기만에 빠지는 지식인의 모습을 보여준다. 물론 이런 모습을 보여준다는 것 자체가 상당한 성취임이 분명하다. 그러나 앞서 언급한『어둠의 속』과 이 작품을 비교하면 부족한 점이 보다 분명해진다.『어둠의 속』은 말로우(Marlow)가 커츠(Kurtz)를 찾아 콩고 강을 따라 내륙 깊숙이 들어가는 여정을 그린 작품인데, 이 두 인물은 각각 지킬 및 하이드와 대비되는 면이 있다. 커츠는 원래 야만적 영토에 문명의 빛을 전파하려는 경건한 유럽인인데, 식민지에서 자신이 속한 사회의 통제에서 벗어나자 탐욕적·전제적 폭군으로 변하게 된다. 2차 대전의 아우슈비츠 대학살을 연구했던 정치학자 한나 아렌트는 악의 평범성을 말한 적이 있다. 아우슈비츠 학살에 가담한 사람들은 아주 평범했으며 어떤 의미에서는 애국심을 느끼면서 그런 엄청난 범죄에 가담했다는 것이다. 『어둠의 속』의 가치는 제국주의 이데올로기 속으로 편입되면 누구나 본인의 선량함과는 관계없이 커츠로 변할 수 있다는 통찰인데, 작품은 탐욕적 커츠야말로 말로우 같은 선량한 서구인의 숨겨진 자아란 점을 보여준다.

『지킬 박사와 하이드 씨의 기이한 사례』를 『어둠의 속』과 비교하면 전자는 후자에 비해 두가지 면에서 부족해 보인다. 하나는 커츠를 만나 그의 진실을 밝히려는, 그러니까 자신의 본모습을 보려는 말로우의 존재이다. 작품의 화자인 어터슨은 상식적이고 검소하며 경건한데다 호기심이 많고 관대한 인물이다. 그러므로 기이한 사건을 일반 독자의 눈높이에서 전달할 수 있는 온당한 해설자라는 느낌을 주는데, '건전하고 관습적인' 사고를 넘어서지 못하는 한계를 노정한다. 텍스트 내에서 그가 감당해야 할 첫번째 과제는 하이드의 진실을 보여주는 것일 터인데, 그는 '가치중립적' 직업윤리와 친구에 대한 개인적 의리를 앞세워 하이드의 정체를 놓치는 것은 물론이고, 개인적으로도 윤리적 한계를 노정한다. 예를 들면 첫 장에서 어터슨은 엔필드에게 문제의 문이 지킬의 저택과 연결되어 있음을 알고도 말하지 않는다. 또한 그는 하이드가 댄버스 커류 경을 살해할 때 사용한 도구가 자신이 지킬에게 선물한 지팡이임을 인지하고도 그 결정적 단서를 수사관에게 말하지 않는다. 마지막까지 어터슨에게는 커류가 살해당했다는 공익적 진실보다 친구인 지킬의 안위와 명예가 훨씬 중요한 문제로 부각된다. 그런 면에서 어터슨은 지킬보다는 유연하지만, 지킬의 윤리적 수준에서 크게 더 나아가지 못한다. 결과적으로 어터슨은 관행과 의리의 수준에서 하이드의 정체를 파악하려고 노력한 뿐이고, 독자들은 이런 그의 '합리적' 추론을 따라가게 된다. 아마추어 탐정으로서 어터슨의 역할은 하이드의 정체에 대해 헛다리를 짚다가 마지막 장의 반전을 독자에게 안겨주는 역할에 머물 따름이다. 오히려 이 작품의 주요한 시사점은 공적 윤리보다 개인적 의리를 앞세워 끊임없이 진리를 피하려는 어터슨의 한계가 지킬의 파멸에 일부 책임이 있다는 사실이다. 어터슨의 한계는 작품 속에서 어터슨-지킬-엔필드로 이어지는 남성 전문가 계층의 가부장적 동맹의 윤리적 한계이기도 하다. 작품의 첫머리에서 엔필드는 "저 먼먼 외국땅에서 집으로 막 돌아오던" 참인데, 이는 그가 식민지 사업과 연관이 있는 사람임을 시사한다. 그러므로 세사람이 진리에 이르지 못하는 것은 진리를 추구하는 과학자, 시민사회의 공적 질서를 담당하는 변호사, 식민지 사업자 연합세력의 도덕적 실패를 의미한다.

또 하나 부족한 점은 지킬이 만든 하이드가 지킬로부터 버려지는 동안 하이드는 단 한번도 발언기회를 얻지 못한다는 것이다. 『어둠의 속』에서 커츠는 죽기 직전 말로우에게 비통해하며 "끔찍하다! 끔찍해!"라고 자신의 삶을 요약한다. 제국주의 이데올로기 속에서 끔찍한 식민주의자가 된 자신의 모습을 마침내 인식하고, 통렬한 회한을 그 두마디로 각인시킨다. 이에 비해 하이드는 시종일관 지킬, 어터슨, 엔필드, 래니언 등 타자의 시선에 의해서 '말로 표현할 수 없는 존재'로 대상화된다. 그는 타자의 시선에 갇힌 채 자신의 목소리로 자신을 옹호할 기회를 얻지 못하고 죽음에 이르게 된다. 체코의 정신분석 철학자 지젝은 행복의 조건으로 "비난할 수 있는 타자의 존재"를 언급한 적이 있다. 요즘 우리 사회의 가장 심각한 문제인 '왕따'도 이와 연관이 있을 것이다. 갈등이 많은 사회일수록 특정한 부류의 사람을 왕따로 만들고 싶어한다. 왕따가 만들어지고 그들에게 모든 갈등의 책임을 묻는 순간, 다른 사람들은 죄의식과 무능하다는 비난에서 벗어나 집단 속에서 일종의 행복감을 느낀다. 하이드는 모든 사람으로부터 혐오의 대상이 되고, 살인자로 사회의 추격을 당하고, 마침내 생명체로서의 권리까지 박탈당하지만, 작가는 그에게 마지막까지 한번도 발언기회를 주지 않는다. 이 과정에서 '과학'조차 하이드의 추방에 일조하는 듯한 느낌이다. 하이드는 키가 작고, 털이 부숭부숭하고, 공격적이고, 생김새는 유인원 또는 혈거 원시인이라는 문명 이전의 야수로 묘사된다. 19세기 후반의 우생학, 범죄학, 진화유물론, 진화인류학 등의

실증주의 연구가 과학의 탈을 쓴 계급이데올로기임이 이것을 보더라도 명백해 보인다. 지킬이 하이드를 자기의 일부라고 하면서도 자신 밖으로 '뻔뻔스럽게' 배제하고, 그런 지킬의 태도에 대해 작가의 비판적 목소리가 없는 것은 작가 자신이 이런 이데올로기를 과학적 '진리'로 받아들였기 때문일 것이다.

번역 저본에 대하여

『지킬 박사와 하이드 씨의 기이한 사례』는 몇차례의 수정과정을 거쳤고 수정할 때마다 상당히 달라졌다. 게다가 마지막에는 크리스마스 특수를 노리고 급히 수정했기 때문에 1886년 출판본에도 애매한 부분이 남아 있다. 이에 스티븐슨 서거 100주년을 맞이해 기획된 '로버트 루이스 스티븐슨 작품집: 100주년 기념본'의 일부로 리처드 듀리가 원문비평을 거쳐 확정한 *Strange Case of Dr Jekyll and Mr Hyde*(Edinburgh University Press 2004)를 번역 저본으로 삼았고, 노턴 출판사 및 펭귄 출판사 텍스트를 참조하였다. 「마크하임」과 「시체 도굴꾼」은 *The Complete Stories of Robert Louis Stevenson*(Modern Library 2002)을 번역 저본으로 삼았으나, 그외에도 몇가지 판본을 참조하였다.

송승철(한림대 영문과 교수)

작가연보

1850년 11월 13일 스코틀랜드 에든버러 시에서 태어나다. 친가는 등대 설
계 및 토목건설로 전국적 명성을 얻은 토목기술 가문으로 아버지
토머스 스티븐슨(Thomas Stevenson) 역시 토목기술자였다. 외가는
법률가 가문으로 어머니 마거릿 이사벨라 밸푸어(Margaret Isabella
Balfour)는 스코틀랜드 교회(장로교파) 목사의 딸로 독실한 신앙인
이었다.

1857년 에든버러 신시가지인 헤리엇 로우 지역으로 이사하다. 어린 시절부
터 민감한 감수성과 풍부한 상상력을 보였으며 잦은 병치레로 고
통을 겪다. 1861년 이 지역의 명문사립학교인 에든버러 아카데미
(Edinburgh Academy)에서 수학하다.

1867년 에든버러 대학에 진학하다. 처음에는 가업을 이어받기 위해 토목공학을 전공했으나 별 흥미를 느끼지 못하고 문학에 끌려 작가가 되려고 결심하다.

1871년 문학을 전공하려 했으나 집안의 반대로 말미암아 일종의 타협책으로 법학을 공부하기로 하다. 이 무렵은 한편으로 습작을 하면서 다른 한편으로 에든버러의 선술집과 사창가를 누비는 보헤미안적 생활에 탐닉한 시기였다.

1873년 케임브리지 대학에서 미술을 강의하는 씨드니 콜빈(Sidney Colvin) 교수를 만나다. 콜빈은 이후 스티븐슨이 죽을 때까지 친구이자 정신적 지주 역할을 하며, 스티븐슨에게 프래시스 씨트웰 여사(Mrs Frances Sitwell)를 소개하다. 씨트웰 여사는 한때 스티븐슨의 애인이 되기도 하는데, 두사람은 작가의 길을 소망하는 스티븐슨을 크게 격려한다.

1874년 콜빈의 소개로 유명 잡지에 여행기 성격의 수필을 발표하기 시작하다.

1875년 변호사 자격시험을 통과하고 스코틀랜드 변호사협회에 가입하다. 법정에 네번 출석하고는 변호사 개업을 포기하고 다시 작가의 길로 돌아가다.

1876년 친구와 함께 카누를 타고 벨기에와 북부 프랑스 내륙을 여행하다. 10월에 프랑스 북부 그레 시에서 나중에 아내가 될 패니 오즈번(Fanny Osbourne)을 만나다. 미국 국적으로 열살 연상의 유부녀였던 오즈번은 남편과의 불화로 두 아들을 데리고 프랑스로 건너와 살고 있었으며, 작가가 되려는 소망을 가지고 있었다.

1877년   빠리로 건너가 1년 반 동안 패니와 함께 지내다. 첫번째 단편 「주막에서의 하룻밤」(A Lodging for the Night)을 필명으로 발표하다. 이후 본명으로 작품을 발표했다.

1878년   2년 전의 카누여행을 소재로 한 첫번째 장편 『내륙 항해』(An Inland Voyage)를 출간하다. 남프랑스의 쎄벤 국립공원 지역을 여행하다. 패니 오즈번은 미국으로 돌아가다.

1879년   미국으로 돌아간 패니로부터 전보를 받고서 가족에게 알리지 않은 채 친구의 만류에도 불구하고 이민선을 타고 미국으로 건너가다. 뉴욕에서 하선해 기차로 대륙을 횡단하여 캘리포니아 몬트레이에 도착하다. 집안의 도움 없이 작품 수입으로 혼자 살기로 결심하나, 무리한 여행과 과로로 건강이 크게 악화되다. 『당나귀를 타고 쎄벤 산맥을 여행하다』(Travels with a Donkey in the Cévennes)를 출간하다.

1880년   폐출혈로 죽기 일보 직전까지 갔으나, 남편과 이혼한 패니의 헌신적 간호로 건강을 회복하다. 둘은 결혼하여 9월에 함께 스코틀랜드로 돌아오다.

1881년   『보물섬』(Treasure Island) 연재를 시작하면서(단행본 출간은 1883년) 문단의 총아로 떠오르다. 만성 폐질환 및 출혈로 인해 여름에는 스코틀랜드의 고원 지역, 겨울에는 스위스의 다보스 지역으로 거주지를 옮기면서 요양생활을 하다.

1882년   어린 시절 즐겨 읽었던 『아라비안 나이트』를 개작한 『신판 아라비안나이트』(New Arabian Nights)를 출간하다.

1884년　만성 폐질환으로 병상을 떠나지 못하면서도 왕성한 창작활동을 계속하다. 연말 크리스마스 특수를 겨냥한 잡지사의 요청으로 「마크하임」(Markheim)을 집필했으나 대신 「시체 도굴꾼」(The Body Snatcher)을 보내다.

1885년　아버지가 병약한 아들을 위해 결혼선물로 구입해준 잉글랜드 남부 해안가에 위치한 본머스 시의 저택으로 이사하다. 택호로는 삼촌이 등대를 건설한 섬의 이름을 따 '스케리보어'(Skerryvore)로 정하고 여기서 크리스마스 특수를 겨냥하여 『지킬 박사와 하이드 씨의 기이한 사례』(Strange Case of Dr Jekyll and Mr Hyde)의 집필을 완료하나, 크리스마스 시장이 과포화 상태라고 판단한 출판사의 결정에 따라 출판을 이듬해로 연기하다.

1886년　『지킬 박사와 하이드 씨의 기이한 사례』를 1월에 출간하다. 대중소설이라는 형식에도 불구하고 진지한 주제로 문학적 성과를 인정받은 한편, 출간 6개월 만에 영국에서만 4만부가 판매되며 상업적으로도 큰 성공을 거두다. 『납치』(Kidnapped)의 연재를 시작하고, 「마크하임」을 발표하다.

1887년　단편선 『즐거운 사람들 외』(The Merry Men and Other Tales and Fables)를 출간하다.

1888년　패니와 함께 유람선을 타고 남태평양을 여행하다. 카스코호를 타고 6월에 쌘프란시스코에서 투아모투 군도를 거쳐 10월에 타히티에 도착하다. 따뜻한 기후와 이국적 환대 속에서 건강을 되찾다.

1889년　다시 카스코호에 승선해 하와이 군도의 호놀룰루로 가다. 다섯달 동안 머무른 후 다시 유람선을 타고 길버트 군도를 거쳐 12월에 마지막 안식처가 될 싸모아에 도착하다.

1890년   건강이 크게 회복되자 싸모아에 영구 정착하기로 결심하고 땅을 구입하다. 세번째 남태평양 여행을 떠났다가 건강이 악화되어 10월에 싸모아로 돌아오다.

1891년   싸모아 추장으로부터 '이야기꾼'(Tusitala)이란 칭호를 받다. 작품활동을 계속하는 한편 싸모아의 정치에도 관여하다.

1893년   『납치』의 속편인 『카트리오나』(*Catriona*)를 출간하다. 이후 미국에서 출간할 때는 『데이비드 밸푸어』(*David Balfour*)로 제목을 바꾸다.

1894년   12월에 뇌출혈로 쓰러진 후 곧 사망하다. 생전에 그가 원한 바대로 근처의 바에아 산(Mt Vaea) 정상에 묻히다. 연초에 출간된 『썰물』(*The Ebb-Tide*)이 살아생전에 출간된 마지막 작품이 되다. 부인 패니 스티븐슨은 1914년에 사망했다.

고전의 새로운 기준, 창비세계문학

오늘날 우리는 인간의 존엄과 개성이 매몰되어가는 시대를 살고 있다. 물질만능과 승자독식을 강요하는 자본주의가 전지구적으로 확산되면서 현대사회는 더 황폐해지고 삶의 질은 크게 훼손되었다. 경제성장만이 최고의 선으로 인정되고 상업주의에 물든 문화소비가 삶을 지배할수록 문학은 점점 더 변방으로 밀려나고 있다. 삶의 본질을 성찰하는 문학의 자리가 위축되는 세계에서는 가진 자와 못 가진 자 할 것 없이 모두가 불행할 수밖에 없다.

이 시대야말로 인간답게 산다는 것의 의미가 무엇인지 근본적인 화두를 다시 던지고 사유의 모험을 떠나야 할 때다. 우리는 그 여정에 반드시 필요한 벗과 스승이 다름 아닌 세계문학의 고전이라는 점을 강조한다. 고전에는 다양한 전통과 문화를 쌓아올린 공동체의 경험이 녹아들어 있고, 세계와 존재에 대한 탁월한 개인들의 치열한 탐색이 기록되어 있으며, 새로운 세상을 꿈꾸는 아름다운 도전과 눈물이 아로새겨 있기 때문이다. 이 무궁무진한 상상력의 보고이자 살아 있는 문화유산을 되새길 때만 개인의 일상에서 참다운 인간적 가치를 실현하고 근대적 삶의 의미와 한계를 성찰하는 지혜를 얻을 수 있을 것이다.

'창비세계문학'은 이러한 문제의식에서 출발한다. 세계문학의 참의미를 되새겨 '지금 여기'의 관점으로 우리의 정전을 재구성해야 할 필요성이 그 어느 때보다 절실하다. '정전'이란 본디 고정된 목록으로 존재하는 것이 아니라 그때그때 주어진 처소에서 새롭게 재구성됨으로써 생명을 이어가는 것이다. 우리는 먼저 전세계 문학들의 다양성과 차이를 존중하면서 국가와 민족, 언어의 경계를 넘어 보편적 가치에 기여할 수 있는 가능성에 주목하고자 한다. 근대를 깊이 성찰한 서양문학뿐 아니라 아시아와 라틴아메리카, 중동과 아프리카 등 비서구권 문학의 성취를 발굴하고 재평가하는 것 역시 세계문학의 지형도를 다시 그리려는 창비의 필수적인 작업이 될 것이다.

여러 전집들이 나와 있는 세계문학 시장에서 '창비세계문학'은 세계문학 독서의 새로운 기준이 되고자 한다. 참신하고 폭넓으면서도 엄정한 기획, 원작의 의도와 문체를 살려내는 적확하고 충실한 번역, 그리고 완성도 높은 책의 품질이 그 기초이다. 독서시장을 왜곡하는 값싼 유행과 상업주의에 맞서 문학정신을 굳건히 세우며, 안팎의 조언과 비판에 귀 기울이고 독자들과 꾸준히 소통하면서 진정 이 시대가 요구하는 세계문학이 무엇인지 되묻고 갱신해나갈 것이다.

1966년 계간 『창작과비평』을 창간한 이래 한국문학을 풍성하게 하고 민족문학과 세계문학 담론을 주도해온 창비가 오직 좋은 책으로 독자와 함께해왔듯, '창비세계문학' 역시 그러한 항심을 지켜나갈 것이다. '창비세계문학'이 다른 시공간에서 우리와 닮은 삶을 만나게 해주고, 가보지 못한 길을 걷게 하며, 그 길 끝에서 새로운 길을 열어주기를 소망한다. 또한 무한경쟁에 내몰린 젊은이와 청소년들에게 삶의 소중함과 기쁨을 일깨워주기를 바란다. 목록을 쌓아갈수록 '창비세계문학'이 독자들의 사랑으로 무르익고 그 감동이 세대를 넘나들며 이어진다면 더없는 보람이겠다.

2012년 가을
창비세계문학 기획위원회

창비세계문학 19

지킬 박사와 하이드 씨의 기이한 사례

초판 1쇄 발행/2013년 10월 25일

지은이/로버트 루이스 스티븐슨
옮긴이/송승철
펴낸이/강일우
책임편집/심하은·김성은
펴낸곳/(주)창비
등록/1986년 8월 5일 제85호
주소/413-120 경기도 파주시 회동길 184
전화/031-955-3333
팩시밀리/영업 031-955-3399 편집 031-955-3400
홈페이지/www.changbi.com
전자우편/lit@changbi.com